書下ろし

謎ニモマケズ

名探偵・宮沢賢治

鳴神響一

祥伝社文庫

目次

序　夜空の大鯰《おおなまず》

——オットーン　オットーン

オット鳥の声が夜更けの杉森の谷に響き渡っている。

幽寂《ゆうじゃく》なコノハズクの声は、岩手の遠野《とおの》郷では、山中ではぐれた夫を呼びながら鳥に姿を変えた若妻の霊の声と信じられていた。

早池峰《はやちね》南麓《なんろく》の上閉伊郡附馬牛《かみへいぐんつきもうし》村へ続く沢沿いの道を、一人の巡査が息せききって走っていた。左腰に吊っている短剣の鉄鞘《てつさや》が、わずらわしく太股《ふともも》を打ち続けた。

左手に石上山《いしがみやま》、右手には高清水山《たかしょうずやま》と、二つの低い山稜《さんりょう》に挟まれた谷あいに走る山道は、うねうねと蒼白《あおじろ》い曲線を描いて稲田の中を上ってゆく。

朝から昼にかけてこの地を襲った激しい嵐は過ぎ去り、森は蒼い静寂に包まれていた。ほの白く浮かぶ金銀花《スイカズラ》の甘く艶《つや》めいた香りが、湿度を含んだ生暖かい夜気に溶けている。鏑木山《かぶらきやま》から出た満月が、砂子沢川《いさござわ》の沢の瀬に小さく砕ける銀《ぎん》鱗《りん》を描いていた。

「駐在さぁ、もう少しでがんす。あの橋を渡って山の麓《ふもと》を廻《まわ》りこみゃ見えるはずで」

鵜崎《みさざき》集落の若い農夫が、立ち止まって巡査を振り返ると右手の川向こうを指さした。

「だが、大鯰《おおなまず》というのは、どういうわけか」

巡査も立ち止まり、呼吸を整えて訊《き》いた。若者が手にしている灯油ランタンが作る二人の影が路面に揺れた。

「いや、鯰だか鯨《くじら》だかわからねぇども、とにかく大きな黒い山みてぇなもんが、高清水の裏っ側の空に浮かんでるのす」

若い農夫は声をわななかせて、駐在所に駈《か》け込んできたときと同じ言葉を繰り返した。

その刹那《せつな》、巡査の両耳を、ずどーんという鈍《にぶ》い炸裂《さくれつ》音が襲った。全身に空気の振動が伝わってきた。

高清水山左手の虚空《こくう》に燃える炎の塊《かたまり》が見える。

大きい。なんとも大きい。炎の塊は、差し渡し数十メートルはありそうだった。

「おい、あれは、いったい、なんだっ」

「お、大鯰が燃え出しただぁー」

うわずった農夫の声が尾を引いている間に、炎の塊はすーっと溶けるように闇に消えていった。それは、打ち上げられた大輪の花火が消えるさまにも似ていた。

あとには月明かりに蒼く照らされた高清水山の頂《いただき》が、何ごともなかったかのように静かに鎮座《ちんざ》している。

「黒いものが飛んでいたのは、あのあたりなんだな」

「へぇ、仁吉《にきち》と嘉平《かへい》が見張ってやすから、奴らに訊けば間違いねぇだ」

「とにかく、急ぐぞ」

「へ、へぇ」

農夫は巡査の先に立って、砂子沢川に掛かる小さな木橋へ向かって必死に駈け始めた。

巡査が鶊崎集落に到着すると、村の男たちはいっせいに駈け寄ってきた。

男たちは口々に大鯰の怪異を叫び立てたが、集落内には何の異常があるわけでもなかった。

巡査の報告によって岩手県警察部は高清水山の山麓へ人数を派遣したが、獣《けもの》道《みち》しかない深い山中だけに、山頂付近にはたやすくは近づけなかった。

陸軍盛岡《もりおか》連隊区も一時期、型通りの調査をしたが、雲放電《くもほうでん》の一種と結論を出した。

大鯰の話は、時おり、附馬牛村の男たちの話題に上るくらいで、やがて忘れ去られていった。

第一章　タヂカラオ

【1】

ヒグラシの声が、プラタナスの林から響いていた。

明かり取りの丸窓から一筋の光の帯が、鮮やかなテンペラで描かれたイコノスタシス（聖障・聖像で覆《おお》われた壁）の聖母子像を舞台照明のように浮き上がらせていた。

聖堂中央ドームの真下には差し渡し二メートル近い巨大な真鍮《しんちゅう》のシャンデリアが吊り下がって鈍く光っていた。シャンデリアは、東方正教会では「生命の樹」すなわちキリストの叡知《えいち》を象徴している。

目の前には黒い司祭姿に身を包んだペトロフ司祭が立っている。額《ひたい》と鼻梁《びりょう》が秀《ひい》でた貴族的な顔立ちと、真っ黒いゴワゴワのひげ面がいかめしい。だがその鳶《とび》色《いろ》の瞳にはやさしい光が宿っていた。

「カーク・ヴァス・ザヴートゥ？（あなたの名前は？）」

よく通る低い声が、花巻《はなまき》正教会の薄暗い聖堂を飾る漆喰《しっくい》のアーチに響いた。

「ミニャ・ザブートゥ・ケンジ・ミヤザワ（わたしの名前は宮沢賢治です）」

自分を静かに見据《みす》える瞳を、まっすぐに見返しながら、賢治は幾分緊張して答えた。

ペトロフ司祭はかすかに微笑《ほほえ》みを浮かべて軽く顎《あご》を引くと次の質問を発した。

「アトゥクーダ・ヴイ？（あなたは、どこの出身なのですか？）」

「ヤー・イズ・イポーニ・ハナマキ（日本の花巻出身です）」

賢治はハナマキというところに力を込めて答えた。

「ケンジさん、だいぶん発音がよくなりましたね」

ペトロフ司祭の瞳がやさしく笑った。

「バリショーエ・スパシーバ（ありがとうございます）」

「この分だと、すぐに雪本《ゆきもと》さんに追いつきますよ」

「ダー・ケンジ・オーチン・ハラショー！（ええ、賢治は素晴らしい！）」

隣で明るい声を出した雪本弦三郎《げんざぶろう》は、岩北《いわきた》日報花巻支局の記者だった。東京の商業学校にいたときにもロシア人から会話を習っていたという雪本は、初学者の賢治とは比較にならないほど巧《たく》みにロシア語を話す。

「いいえ、神父さま、雪本さんと僕の実力は、尋常《じんじょう》の生徒と大学生ほどに違うのです」

賢治は慌《あわ》てて顔の前で手を振った。

「そんなことはないですよ。宮沢さんはさすがに高等農林を首席で卒業された方だ。わたしは数年ぶりのロシア語だし、追いまくられてる感じです」

雪本は長身の筋肉質の身体を賢治へ向けて笑った。

むろん、世辞《せじ》である。この教会でしか会うことはないが、雪本という男は、いつでも如才《じょさい》なく愛想《あいそ》がいい。

「とんでもない。東京の学校を出た方にはかなわないです」

「いやいや、今日の宮沢さんの身じまいだって銀座の大通りを堂々歩けますよ」

賢治は開襟《かいきん》シャツに生成《きな》りの綿《めん》のズボンという涼しい格好《かっこう》で来ていた。ズボンは若干裾《じゃっかんすそ》を絞った新しい仕立てで気に入ってはいた。

この五月に盛岡高等農林研修生を修了した賢治は、父の政次郎《まさじろう》の請《こ》いを容《い》れ、やむなく実家の質店を手伝っている。仕事柄もあって、洋服の流行には気をつかっている。

正教会の掲示板に貼ってあった生徒募集の貼り紙に誘われ、先月からペトロフ司祭にロシア語の初歩を習い始めていた。

本格的にロシア語をマスターしようとの意欲に燃えていたわけでもなく、家業に本腰の入らない日々の無聊《ぶりよう》を慰《なぐさ》めようとしたに過ぎない。賢治は見知らぬ新しい知識とみるといても立ってもいられない性質《たち》だった。

賢治は外国人と接することには慣れていた。盛岡中学校のときには盛岡バプテスト教会のアメリカ人タッピング・ヘンリー牧師にキリスト教やオルガンを習っていた。また、高等農林時代には盛岡天主公教会の司祭であるアルマン・プジェ神父とも美術の趣味などを通じて交流があった。プジェ神父はフランス人だったが日本語も巧みだった。

海を渡ってきた宗教家たちは、新知識に貪欲《どんよく》な賢治の頭脳に、豊かな栄養を与えてくれた。

「雪本さんこそ、さすが東京の人だすな」

二四歳で年男の賢治より、雪本は九歳上だった。三三歳にしては落ち着いたところがあり、色白で鼻筋の通った秀才らしい容貌《ようぼう》を持つ男だった。

薄茶の上質の生地《きじ》に二つボタンでノッチド・ラペルというV字型に切れ込みのある細襟《ほそえり》の背広は、肩幅が広めで丈《たけ》は長めという流行をしっかり押さえている。花巻ではあまり見かけない都会的な夏服スタイルであった。

「では、今日はこのくらいにしましょう。イワン、お二人にお茶を差し上げて」

ペトロフ司祭は六尺を超える身体を翻《ひるがえ》して、寺男のイワンに命じた。

入口近くの椅子《いす》に控えていたイワンは、こくりとうなずくと壁際の銀色に輝くサモワール（給茶器）に近づいていった。イワンは用意してあった紅茶碗に三人分の琥珀《こはく》色の液体を注いでゆく。香ばしい紅茶の香りが聖堂内に拡《ひろ》がった。

「ドウゾ……皆サマ……」

イワンは、幾分オドオドした表情で、賢治たちの机上に茶碗を置いていった。口数の少ない男だったが、イワンは意外にきれいな発音で日本語を話す。ペトロフ司祭と同年輩で四〇歳くらいだが、風采《ふうさい》の上がらない男だった。鼻筋は通って品は悪くないが、顔色が悪く骨組みも華奢《きやしや》でロシア人としては非常に小柄であった。

だが、自分の身体にあまり自信のない賢治は、かえって親しみを覚えるのであった。

お茶を済ませた賢治と雪本は、アーチ型の漆喰飾りが立派な聖堂の玄関を出た。

傾《かたむ》きかけた夏の陽を正面から受けながら、石段を下りる。西洋風の公園となっている前庭には、赤やら黄やらの薔薇《ばら》の花が咲き乱れていた。そよ風に乗って、華やかな芳香が賢治の鼻腔《びくう》をくすぐった。

花巻では、ほかに西洋式の花壇は見かける機会がなかった。左右対称で幾何学《きかがく》的な花壇は、賢治の知識欲を刺激する文化のひとつにほかならなかった。

いつか自分も西洋式花壇を設計してみたい。花巻正教会に来るたびに、賢治はそんな夢を心に描くのであった。

「あっ、いけない……」

教会の門を出たところで賢治は思わず大きな声を上げた。

「どうしました？　宮沢さん」

「いや、神父さまにお借りした本をお返しするのを忘れたのです。戻らねば……」

一ヶ月という約束で司祭から、ワシリー・カンディンスキーの詩画集を借りていた。カバンの中にある分厚い冊子はもう返さねばならなかった。

「そう。じゃあ、わたしは支局に戻りますので、これで失敬します」

雪本は額のところに二本の指をやると、スマートに敬礼もどきの挨拶《あいさつ》を送り、そのまま、表の県道へ出ていった。

賢治はおもむろに踵《きびす》を返すと、聖堂の玄関へ早足で戻っていった。

樫《かし》材の扉から突き出ている黒い鋳鉄《ちゅうてつ》のドアノブに手を掛けた瞬間だった。

聖堂から、激しい男の叫び声が扉を突き破るような勢いで聞こえた。

次の刹那《せつな》、大きな衝撃音とガラスが砕《くだ》け散る音が聖堂に響き渡った。

(いったい、何事だ！)

賢治は慌ててドアノブを力任せに引いた。

「じゃじゃじゃ。化け物だ」

反射的に賢治は叫んだ。

イコノスタシスの前に、六尺(約一八二センチ)を遥《はる》かに超える化け物が立っていた。

真っ白な顔に金色の金壺眼《かなつぼまなこ》、大きな鼻と険《けわ》しく引き結んだ口元、黒い髪を振り乱している。

白麻の単衣《ひとえ》を身にまとい小倉《こくら》地らしい黒袴《くろばかま》を穿《は》いた化け物は、眼を見開いて賢治をにらみつけた。

瞬《まばた》きして、もう一度見ると、大男が神楽面《かぐらめん》を被《かぶ》っているのだった。

大男は無言のまま、袖《そで》をひるがえして、聖堂の外へと大股に走り去った。

我に返ると、聖堂の中央には、天蓋《てんがい》からシャンデリアが落下していた。

大理石の床で粉々に砕け散ったガラスの破片が夕陽に反射して、賢治の目を射た。

重量感のある真鍮の塊の真下には、黒い物体が押し潰《つぶ》されていた。

すぐに賢治は、黒いものがペトロフ司祭の祭服である事実に気づいた。腰から下がシャンデリアの下にはみ出ているのである。

蠟燭《ろうそく》を立てる丸枠を支える支柱の間から、神父の頭がのぞいていた。

「うわわわわっ」

飛龍《ひりゅう》を思わせる造形の縁《ふち》飾りに押し潰されて、神父の頭蓋骨《ずがいこつ》は菱形《ひしがた》にひしゃげていた。右眼が眼窩《がんか》から飛び出し、黒髭《くろひげ》にはべっとりと血がこびりついていた。

苦悶《くもん》の表情を浮かべた彫《ほ》りの深い顔には血の気がなく、一目で、ダメだろうと思えた。

ついさっきまで、一緒にお茶を飲んでいた人物が、哀《あわ》れな骸《むくろ》と化している。

賢治には受け容れられなかった。

「し、神父さま……なしてこんな……」

賢治は呆然《ぼうぜん》としたまま、しばらくの間、うずくまっていた。

聖堂の隅から黒い人影が泣き声を上げながら、駆け寄ってきた。

賢治は身構えたが、泣き叫ぶ声は、イワンのものだった。

「大男ガ、シャンデリアノ、鎖《くさり》切ッタ……ソレデ神父サマガ……神父サマガァ……」

イワンはシャンデリアの残骸《ざんがい》を指さして、むせび泣きながら訴えた。

「とにかく……巡査さ呼んで来ましょう」

賢治は懸命に動揺を抑《おさ》え、イワンを促《うなが》して聖堂を出た。

二人は息せき切って前庭を、正門へ向かって走った。

県道から白い詰襟姿の巡査の一団が、吊り剣の音も勇ましく駆け寄ってきた。

(ちょうどよかった)

賢治は巡査たちに向かって必死の声を上げた。

「た、大変でがんす。聖堂の中で、中で神父さまがぁ」

ところが、先頭に立った年かさの八の字髭は賢治をにらんで大音声《だいおんじょう》で号令を掛けた。

「よしっ、あいつだ。拘禁《こうきん》しろっ」

四人の巡査が賢治にわっとばかりに襲いかかってきた。

「なにをするのす」

両腕をつかまれて、もがいているうちに、賢治の身体は綿縄でぐるぐる巻きに縛られた。

「やめてくなんせ。僕はなにもしてながんす」

声をきわめて賢治は訴えたが、四角い顔の八の字髭は聞き入れるようすはない。

「前庭で花を見ていた町民からな。おまえが神父を殺したと通報があったのだ。通報者はおまえが神父の死体にさわっているところをドアの隙間から見ていたんだ。言い逃れはできんぞ」

「お世話になっている神父さんなのす。そんなことするわけがながんす」

喉《のど》が枯れるほど叫んだが、八の字髭はせせら笑うように答えた。

「それをこれからゆっくり聞き出してやる。ふん、警察署の目と鼻の先で大胆なことをしおって。どうせあいつとグルなんだろう」

八の字髭はあごをしゃくった。

「ワタシ、何モシテナイデス」

三メートルほど先でイワンも同じように拘束されてもがいていた。

そのまま賢治とイワンは、上町通りを勾引《こういん》されていった。

道行く人が、二人を指さしてコソコソと噂《うわさ》している。線路向こうだが、母イチの実家であり、賢治が生まれた宮沢商店の建つ鍛冶町《かじちょう》も近い。ずっと賢治はうつむきながら歩いた。

通り西の突き当たりにある花巻警察署はコンクリート造りの近代的な建築で、十字格子《こうし》の鉄枠窓も瀟洒《しょうしゃ》なそのたたずまいが賢治は気に入っていた。

だが、いまの賢治にとって、目の前に立ちはだかる二階建ての建物は地獄の入口のように思えた。

二段上がったポーチの前で賢治の両脚は萎《な》えてどうしても動いてくれなかった。

「なにをしておる。中へ入らんか」

八の字髭がどやしつけた。

引きずられるようにして署内に入れられ、一階の奥にある部屋に連れ込まれた。

縦格子がはめられた六畳くらいの薄暗い小部屋で、賢治は縄を解かれて椅子に座らされた。縄は解かれたが、部屋の隅には二人の巡査が立哨《りっしょう》している。

机をはさんで対面に八の字髭が座った。

「おまえの名前は？」

「宮沢賢治です」

「家はどこだ？」

「豊沢町《とよさわちょう》の宮沢質店です」

賢治の実家はこの警察署から五百メートルほどしか離れていなかった。

「なんだ、すぐ近所ではないか。知っとるぞ。貧乏人から着物をむしり取ってえらい儲《もう》けているって話じゃないか」

「そんなことなござんす」

賢治は頰《ほお》が熱くなった。質屋という実家の仕事は大嫌いだった。

「身なりはいいし、耶蘇《やそ》教会なんぞに出入りしてるから、貧乏人ではないのはわかるが、ここへ来たら水吞《みずの》みだろうが長者だろうが変わりはないぞ」

八の字髭はあごを突き出した。

「え？　なんで殺したんだ？　あん？」

「だから殺してませんっ」

賢治は腹が立って強い調子で言い返した。

「おまえは、シャンデリアを吊っている鎖を切って落として、ペトロフ神父を下敷きにして圧死させた。町民の証言があるんだぞ」

「それは誤解です。殺したのは神楽面の大男なんでがす」

「神楽面だと、なんだそりゃ？」

「ざんばら髪の面を掛けた六尺を超える大男でがす。白麻の単衣を着てました。そいつが神父さまを殺したんです」

「ほほう……なるほどぉ」

八の字髭はにやにやとした笑いを浮かべたと思うと、一転して額に縦筋を立てた。

「痛い目に遭《あ》いたいのかっ」

八の字髭は机の天板をどんと叩いた。

賢治は反射的に身を引いた。

「そんな世迷《よま》い言《ごと》を申しておると、本当に痛い目に遭わせるぞ。おまえは警察の拷問《ごうもん》……いや違った。懇切丁寧《こんせつていねい》な尋問《じんもん》を知らないだろう。すぐに教えてやる」

そのとき、ドアをノックする音が響いて一人の巡査が入ってきた。

「主任……」

巡査は八の字髭に何ごとかを耳打ちした。

「そうか。いま行く」

八の字髭は立ち上がった。

「別件の用事ができた。牢屋《ろうや》で朝までうんと反省して、何もかも正直に話すんだな。明日はがっちり絞り上げてやるからな」

八の字髭はすごみながら、部屋を出ていった。

頭から下半身に向けて血《ち》の気《け》がすっと下がっていき、目の前が真っ暗になった。

すぐに賢治は薄暗い牢屋に放り込まれた。

イワンも牢に入れられているのだろうが、賢治の独房からはそのようすはわからない。

麦飯と椀の底が見えるような汁の粗末な夕飯が出されたが、少しも喉を通らなかった。

真実をいくら話しても警察は取り合ってくれない。賢治は何もしていないのだから、あれ以上、ほかに言えることはない。

（無事に生きてここを出られるのだろうか）

殴られたり蹴られたりして、取調室に転がされる明日の自分が脳裏《のうり》に浮かんだ。

ワラ布団にくるまりながら、シミの目立つ暗い天井を眺《なが》めていると、あんなに嫌だった宮沢質店の店の中がせつなく思い出された。

（帰らない自分を、家ではさぞかし心配しているだろうな……）

オロオロと心配する父母や弟妹たちの姿を想像して、賢治は胸がつぶれる思いだった。


【2】


賢治はひと晩、まったく眠れなかった。

やがて格子窓の外が薄青く染まり始め、たくさんの小鳥がさえずり始めた。

通りを人々が歩く下駄《げた》の音が、妙になつかしく賢治の耳に響いた。

夜が明けてしばらくして、廊下を近づいて来る足音が聞こえた。

(今日こそ徹底的に痛めつけられるんだ……)

背筋に悪寒《おかん》が走った。

ガチャガチャと鍵を開ける音がして、格子の扉が外側へ開いた。

若い巡査が立っていた。

「出ろ」

賢治は膝《ひざ》が震えて身体が硬直するのを覚えた。

「早く出ないか、釈放《しゃくほう》だ」

巡査はつっけんどんに告げた。

「え？　いまなんと？」

賢治は我が耳を疑った。

「釈放だと言ったんだ。手間を掛けさせるな」

巡査は無愛想に言って、出口の方向を指さした。

賢治はよろよろと廊下へ出た。

警察署の玄関の外は、目がくらむほどに明るく感じた。

ユリの花の香りを乗せた風が頬を通り過ぎてゆく。

目の前の明るさは決して朝の光のせいだけではないだろう。建物から出た賢治の心は、ようやく重苦しい黒雲から解放された。

数メートル離れた植え込みの前に、白麻のスーツを着た男がこちらを向いて立っていた。なぜか、手にはハトの入った鳥かごを提《さ》げている。

「出られたんですね」

喜びの声を上げて近づいて来たのは岩北日報の雪本記者だった。

「雪本さん？」

どうしてここに雪本がいるのか、賢治は不思議に思いながら答えた。

「宮沢さん。あなたが逮捕されたと聞きましてね。心配していたんですよ。拷問には遭わなかったようですね。いや、よかった」

雪本は賢治の身体を上から下まで眺め回した。

「はぁ……ありがとうございます」

「わたしはほら、仕事柄、警察ともつきあいがあるでしょう。情報は速いんですよ」

なるほど新聞記者ならば、賢治の拘禁も、ペトロフ司祭の殺害も、いち早く知ることができるだろう。賢治は納得した。

「ペトロフ神父さまが……」

賢治はのどを詰まらせた。

「痛ましいです。あんな恐ろしいことがなぜ起きてしまったのでしょう」

雪本は悲しげに目を伏せた。

「まるでわからないのです。犯人は神楽面をかぶった大男です」

昨日の仔細《しさい》を賢治は説明した。

「なるほどねぇ……ふぅむ」

雪本はあごに手をやって考え込むと、賢治の顔をじっと見つめた。

「宮沢さんはその男にまったく心当たりはないんですね」

「もちろんでがんす。初めて見た男でした」

聖堂での男の姿が脳裏に蘇《よみがえ》り、賢治の身体はこわばった。

「寺男のイワンはどうなんでしょうか。あるいは彼が知っているのでは?」

不安な気持ちに押しつぶされていた賢治は、イワンのことをすっかり忘れていた。

「あ、イワン……あの人どうしたのでしょう」

振り返ると、警察署の出口から少し離れた松の木の根元で膝を抱えてうずくまっている男がいる。

「彼も出られたようですね。声を掛けてみましょう」

雪本に促されて賢治も松の木へ向かって足を進めた。

「よかったね、イワンも出られたんだね」

「アリガト……」

イワンは顔をくしゃくしゃにして笑った。

「怪我《けが》もしていないようだね」

雪本の言葉にうなずくと、イワンは急に顔を曇《くも》らせた。

「ワタシ行ク場所ナイ」

「教会に帰ったらどうなんだい？」

「トンデモナイ！」

イワンは激しくかぶりを振った。

「オ面ノ男、ワタシヲ殺シニ来ル。教会ニハ帰レナイ」

「宮沢さんが話していた神楽面の男ですね。イワン、その男は誰なんだい？」

イワンはあたりをはばかるように見まわすと、声を潜《ひそ》めた。

「ボリシェヴィキ……」

「なんだって！」

雪本が大きな声で叫んで、首をすくめた。

「こんなところで話しているとまずい。ああ、そうだ。この先に寺がいくつかありましたね。寺の境内《けいだい》ならいま時分お参りの人も少ないでしょう」

懐中時計を取り出すと八時半をまわっている。多くの町民は働きに出ている時間だった。

「上町通りへ出てすぐに左側に専念寺《せんねんじ》、右側に光徳寺《こうとく》と松庵寺《しょうあん》というお寺があります。んだけど……」

賢治としては一刻も早く実家へ帰って、家族を安心させたかった。

賢治は父の政次郎（46）、母のイチ（43）のほか、トシ（21）、シゲ（19）、クニ（13）の三人の妹、弟の清六《せいろく》（16）、あわせて六人の家族と一緒に暮らしていた。

「ちょっと家さ帰ってきたいんですが」

「あ、気づきませんでした。ご家族もご心配なさっているでしょうね。その光徳寺というお寺にいます。ご家族を安心させたら、すぐに戻ってきて下さい」

「わかりました。今日から僕は遠野に行かねばならねのす。その支度《したく》をしたら戻ってきます」

賢治は軽く頭を下げると、警察署の敷地から飛び出していった。

父と母、弟妹たちは血の気をなくした顔で待っていた。賢治の顔を見るなり母と妹たちはわっと泣き崩れた。

「耶蘇《やそ》教会などに出入りしていると、いまに主義者扱いされて捕まるぞ」

すべての事情を説明すると、白髪《しらが》の増えてきた父の政次郎は不機嫌《ふきげん》に顔をしかめて吐き捨てた。

「もう、決してロシア語は習いに行きません」

賢治は肩をすぼめて答えた。

一九一四年からつい一昨年まで、バルカン半島の覇権を巡る大戦争のために、ヨーロッパ全土が戦火に包まれていた。後の世にいう第一次世界大戦である。

スラヴ民族の連帯と統一を目指す汎スラヴ主義を標榜して参戦したロシア帝国は、いちおうの勝利者ではあった。しかし、戦争の傷跡はきわめて大きく、帝国に致命的な国力の低下をもたらすことになった。

戦争そのものの重圧は言うに及ばず、インフレ率の極端な上昇に加えて厳しい食糧不足が国土全体を襲い、帝室に対するつよい怨嗟《えんさ》の声が国民の間にひろまっていった。

戦争継続中の三年前の二月、食糧配給の改善を求めるデモをきっかけにロシア帝国内には社会主義革命の狼煙《のろし》が上がった。

ウラジーミル・レーニン率いるソビエト権力は、窮乏《きゅうぼう》した国民の支持を背景に急速に成長した。昨年の七月には、ついに第十四代ロシア皇帝ニコライ二世とその家族ら十一人を銃殺した。これにより、ニコライ二世の直系の血統は絶え、ロマノフ朝は滅びた。

帝国主義国家が覇権を競うなかで起きたロシア革命は、全世界を揺るがす大事件となっていた。

ソビエト権力は正式な国家として承認されてはいない状況だったが、すでにロシア帝国の政治権力を簒奪《さんだつ》し、広大な領土のほとんどの地域を実質上の支配下に置いていた。世界はまさに激動の時代に入っていた。

イワンが口にした「ボリシェヴィキ」とは、レーニンが率いるソビエト共産主義権力を指す言葉であった。

ロシア革命による共産主義思想の拡大を脅威《きょうい》と考えた大日本帝国政府は、この年、治安警察法に代わる新たな治安法の制定準備を進めていた。

社会主義者・共産主義者と見なされれば警察に勾引されて、拷問され、重大な処罰を受ける恐れがあった。父の言葉には説得力があった。

だが、習いたくともペトロフ司祭は殺され、もはや賢治にはロシア語を教わる術《すべ》もなかった。

「んでは、行ってきます。一週間ばかり留守にします」

そそくさと旅支度を終えると、見送る父母や弟妹、男衆や女中ら奉公人たちの前で賢治は頭を下げた。

「遠野は花巻と違って医者も少ない。風邪《かぜ》など引ぐなよ」

父は無愛想に送り出したが、言葉の裏に身体の弱い自分に対する愛情を感じて賢治は胸が熱くなった。

実家の仕事を継がせようとした父に従わざるを得ず、農学研究の道を進みたかった賢治は強く反発していた。宮沢マキとも呼ばれる富裕な一族に属することに誇りを持つ父と、農学校時代から農村の貧困を救いたいという使命感にも似た気持ちを抱き続けた賢治の立場はとかく対立していた。

さらに浄土真宗大谷派の熱心な檀家《だんか》である父と、一八のときに読んだ法華経《ほけきよう》の本に感銘《かんめい》を受けて日蓮宗《にちれんしゅう》に改宗した賢治とは宗教上の理由でも相容《あいい》れなかった。

だが、高等農林の卒業を控えた一昨年、徴兵《ちょうへい》検査延期の特典を得るために、農学校に研究生として残れと勧《すす》めたのは父だった。父は賢治が研究者の道に進むことを厭《いと》うていたが、それ以上に兵隊にとられることを嫌がっていたのだ。

賢治は父の勧めを断固として断り、徴兵検査を受けた。策を弄《ろう》して徴兵検査から逃れるような姑息《こそく》なことは嫌だった。

だが、結果は第二乙種合格となって補充兵役には適するとされ、兵役は免除された。おまけに担当した軍医は賢治に専門医の診察を受けるように促した。

兵役免除の結果に、日本男児として使いものにならないと烙印《らくいん》を押された気がして、賢治は深く傷ついた。

軍医の勧めに従って岩手病院で精密検査を受けた賢治は、肋膜炎《ろくまくえん》との診断を受けた。知らぬ間に死病である結核菌《けっかくきん》に取り憑《つ》かれていたのだった。

このときから、賢治は将来の健康への不安を抱えて生きてゆく羽目《はめ》になった。文芸誌「アザリア」の同人仲間である河本義行《かわもとよしゆき》に「自分の生命《いのち》はあと十五年と持たないよ」と弱音《よわね》を吐いたのもこの頃だった。

だが、いまの賢治の体調はきわめてよく、日々の暮らしの中で健康への不安は忘れていた。いや本当は忘れようとしていたのかもしれない。

「何か困ったことがあったら、いつでも電報よこしなさいね」

母のイチは心配そうに言い添えた。賢治にとっては、ただただ優しいだけの母だった。

「兄《エナ》さん行ってらっしゃい」

「お土産待ってるナ」

弟妹たちは口々に言って手を振った。

「ああ、行ってくるじゃ」

雪本たちを待たせていることに気が気でない賢治は、戸口に立つ家族たちに背を向け、さっさと家の前を離れた。

(遠野にゆっくりするのは初めてだな)

今回は、丹野煉瓦《たんのれんが》合資会社という煉瓦工場に持ち山の鉱物調査を頼まれての遠野行きだった。盛岡高等農林の恩師の関豊太郎《せきとよたろう》教授に依頼された仕事であった。

関教授は、よく言えば孤高、悪く言えば狷介《けんかい》な人物であった。だが、首席で入学し翌年は授業料免除の特待生となった賢治はとても気に入られていた。

丹野煉瓦は土壌《どじょう》学を専門とする関教授に調査を依頼したのだった。農学科第二部長の職にあって多忙な教授は、右腕にと切望していた賢治にこの仕事を振ったのだ。

道の向こうに光徳寺の灰色の瓦《かわら》屋根が見えてきた。

光徳寺は浄土真宗でも本願寺《ほんがんじ》派の寺で、賢治の実家と直接のつきあいはなかった。

境内に入ってゆくと、本堂のあたりには人影がなかった。境内を見渡すと、二階の花頭窓《かとうまど》が目立つ太子堂《たいしどう》のかたわらに二人は腰を下ろしていた。

「お待たせいたしました」

「おお、すっかり旅支度ですね。どんなご用事なんですか」

雪本は愛想よく笑いながら訊いた。

「人に頼まれて土質調査に出かけるのす」

賢治は綿布のシャツを着て足にはゲートルを巻き、帆布《はんぷ》のルックザックを背負っていた。鉱物ハンマーやコンパス、クライノメーター（傾斜計）、ルーペなどの調査用具が入れてある。

ハンチングを好む賢治だが、陽ざしを避けるために麦わら帽子をかぶってきた。

「ああ、なるほど、それで勇ましい姿なんですね。わたしも遠野にご一緒しますよ」

「じゃ？　雪本さんがですか」

「ええ、わたしもちょうど遠野に用事がありましてね。それに、イワンは遠野に知り合いがいるそうなのです」

かたわらのイワンはこくんこくんとうなずいた。

賢治は意外に思った。岩手軽便《けいべん》鉄道で三時間で行けるようになった遠野だが、花巻と比べるとずっと田舎《いなか》町であった。外国人に縁のある町とは思えない。

「雪本さんはなじょなご用事なんですか」

「盛岡電気会社が遠野水力電気会社を合併するんじゃないかって噂がありましてね。近いうち、その取材に行かなきゃならないところだったんですよ。ちょっと支局に戻って支度して、ついでにイワンの着替えも手に入れました」

雪本は今朝の服に都会的なパナマ帽を被り、右手に大きな茶色い革カバンを提げていた。さらになぜか、さっきと同じハトの鳥かごを左手に提げている。

「なして、ハトを連れているのですか」

「ああ、いざとなると頼もしい働きをしてくれそうなんですよ。こいつは」

真面目《まじめ》な顔で言う雪本に、それ以上の突っ込みは入れられなかった。

かごの中でクルルと鳴いているのは、どこにでもいるドバトに見えた。

イワンはカーキ色の麻の開襟シャツに少しダブダブのズボンをはいて、頭には麦わら帽子を載せていた。ちょっと見ると農家の親爺《おやじ》にも見える地味な姿だった。

「それはよかった。僕は世間に疎《うと》いので、イワンと二人で遠野まで行くのは不安でした」

「そうと決まったら、さっそく軽便の駅に行きましょう。もうすぐ出る汽車があったはずだ」

雪本はほほえむとさっと背を向けて歩き出した。イワンも後に続き、賢治も二人の背中を追った。

軽便の駅に着くと、ボールドウィンのC形サイドタンク機が蒸気を吐いて待っていた。

賢治は汽車や電車やらの乗物が大好きである。東北線の優美な大型機関車もいいが、小さな軽便の蒸気機関車はさらにお気に入りだった。

不細工《ぶさいく》なのに愛らしい蒸気機関車に乗りたくて、盛岡中学校や高等農林の休暇で花巻に帰省したおりに、賢治は用もないのに何度も遠野まで往復していた。

母方の祖父である宮沢善治《ぜんじ》が、岩手軽便鉄道の創立委員に名を連ねる筆頭株主の一人であったこととは関係がなかった。

だが学校を出てからここ二年あまりの日々は、研究科での関豊太郎教授の手伝いが忙しかったり、妹トシの入院騒ぎがあったり、賢治自身の肋膜炎などが続いたりして、機関車どころではなかったのだ。

軽やかな汽笛の音を鳴らして、仙人峠《せんにんとうげ》行きの下り列車はホームを離れた。

不釣り合いに大きい二軸ボギー客車を二両と貨車三両を牽引《けんいん》した小さな機関車は東を目指してゆっくりと加速し始めた。とはいえ、走れば追いつけるくらいの時速十五キロほどに過ぎないので、車窓《しゃそう》の景色ものんびりゆったりと流れてゆく。

車内は大きな風呂敷《ふろしき》包みを持った行商人や、幼子を連れた丸髷《まるまげ》の母親、銘仙《めいせん》を着た娘さんなどが、遠くの席にばらばらに座っているくらいで、かなり空《す》いていた。

賢治たち三人は、機関車から遠いほうの二両目の最後方のボックスに座った。

後方には貨車が連結されていて、客席のいちばん後ろということになる。

イワンはロシア人としては小柄で日本人とそう変わりのない背丈である上に容貌も地味だった。地味なシャツに着替えて麦わら帽子を深くかぶっていると、意外に目立たなかった。

最初の似内《にたない》駅を過ぎて北上《きたかみ》川に架かる高くて長い橋梁《きょうりょう》を渡り終えた。近くに乗客の姿がないことを確かめて、雪本が声を潜めて口火を切った。

「イワンはもともとサンクトペテルブルクで小商人をやっていたそうです。世帯じまいになって困っていたところで、ペトロフ神父がロシアを出るときに雇われたとのことです」

「そうでがんすか。んで、いつから日本さ?」

イワンの顔を見ると、小さくうなずいている。

「二人は大正三年（一九一四）に日本にやってきたと言っていますから、もう六年になりますね。最初は東京や横浜にいたそうですが、一昨年の夏に花巻の教会に赴任《ふにん》したのです」

「それで神父さまを殺した者は誰なのすか……たしかさっき、ボリシェヴィキと言ってだったような……」

賢治もいっそう小さな声で訊いた。

「イワンの話を信ずるとすれば、犯人は世界を脅《おびや》かす共産主義者たちだと思われます」

「神父さまだから、ロシア帝国側の人間であって、共産主義者の敵なのすか」

賢治はものの本で、共産主義者は神仏を認めないと読んだことがあった。

「そればかりではないのです。イワンはペトロフ神父の本当の正体を知っていました」

「本当の正体？」

思いも掛けぬ雪本の言葉に、返事をする賢治の頬はこわばった。

「ええ、偶然に知ってしまったそうなんですが、神父はミハイル・アレクセーエヴィチ・ロマノフスキーという人物で、殺されたニコライ皇帝の親戚筋だそうです」

「そうなんでがすか。つまり日本で言う華族さまということですか」

たしかにペトロフ司祭は貴族的な顔立ちをしていた。

「もっと驚くことがあります。ロマノフスキー氏は、本当は神父ではありませんでした。彼はどうやら軍人だったようです」

「まことすか？」

賢治は小さく叫んで雪本の顔を見た。

「大型の軍用拳銃を隠し持っていたのをイワンが見ています。ロシア正教の司祭が、間違ってもそんなものを持っているはずないですからね」

雪本の言葉がすべてわかるのか、イワンはつよくあごを引いた。

「いや、そんな風には見えなかったすな」

ペトロフ司祭、いやロマノフスキー氏は、賢治に接する態度もいつもやわらかかった。

「これはわたしの推測に過ぎないのですが、ペトロフ神父は世界大戦前に我が国に潜入していたロシア帝国の間諜《かんちょう》だったのではないでしょうか」

「じゃ！　スパイだったのすか……」

賢治は二の句が継げなかったが、雪本は平然と続けた。

「ええ、我が国には欧米諸国からたくさんの情報将校が民間人に身をやつして潜入しています。わたしの同業の外国人新聞記者だって、五人に一人は政府か軍のスパイです。大戦前の緊迫した時期にはもっと多かったはずです。実は宗教家にも多いのですよ」

「スパイなんて読物だけの世界だと思ってました」

賢治の実感だった。どうも現実感が湧かない。

「ははは、スパイのバッジをつけて町を歩いている者はいませんからね」

「たしかに、世間の人にわかってしまったらスパイではないすな」

賢治の頬は引きつっていた。平和なこの花巻の町に、国際的なスパイが潜入していたという事実がにわかには信じられなかった。

「皇帝の親戚筋ということが真実であるとすれば、おそらくはロシア帝国軍の高級情報将校でしょう。本国に向けて何らかの情報を送り続けていた。ところが、革命が起きてロシア帝国は滅び、国に帰れなくなってしまった。別にスパイなどではなくても、革命後には本国に帰れなくなったロシア人はたくさんいますからね」

雪本の言葉は正しかった。

反対にロシア革命後に、ボリシェヴィキを逃れて来日したロシア人も少なくなかった。今年に入って著名なバレリーナのエリアナ・パヴロワが、ヘルシンキ、ハルビン、上海を経て日本に入国したと報道されていた。パヴロワはサンクトペテルブルクの貴族の血統だった。

「んでも、なしてそんな軍人さんがこの花巻に住んでだんですか。東京ならばともかく」

賢治にとっての素朴《そぼく》な疑問だった。

「それは、宮沢さんのほうがおわかりなのでは？」

賢治の瞳を雪本は覗《のぞ》き込むように見た。

「僕がでがすか……」

雪本が訊く言葉の意味が、賢治にはまったくわからなかった。

短い沈黙の後、雪本は小さく笑った。

「いや、わたしはもともと東京です。だけど、宮沢さんは花巻生まれの花巻育ちですからね」

雪本の話は少しも要領を得なかった。

「どういう意味ですか」

賢治の目を真っ直ぐに見て雪本は言葉を重ねた。

「いや、花巻になにか政治的に重要なことでもあるのかと」

「まさか……僕にはさっぱどわかりません」

「ところでイワンですが……遠野の隣にある土淵《つちぶち》村の村会議員である佐々木喜善《ささききぜん》

氏を知っているそうです」

「え？　佐々木喜善さん」

賢治は驚きの声を上げた。

「宮沢さん、ご存じなのですか？」

「ええ、早稲田《わせだ》の文科を出た秀才です。この二月に『奥州《おうしゅう》のザシキワラシの話』を玄文社《げんぶんしゃ》から上梓《じょうし》されました。我が郷土の誇る文学者です」

同じく文学を志す喜善とはわずかながら親交があった。都会的な雰囲気を持った喜善は、賢治にとってはまぶしい存在でもあった。

「柳田国男《やなぎたくにお》氏の『遠野物語』に協力した方ですね。遠野には珍しい文化人ですね」

「しかし、なぜイワンが佐々木喜善さんを知っているんでしょう」

喜善がロシアに関心を持っているという話は聞いていない。賢治には不思議でならなかった。

「それが……イワンに訊いても要領を得ないのです」

雪本は困ったように眉《まゆ》を寄せた。

イワンはと見ると、うつらうつらと居眠りをしている。

「実は僕も土淵村に用事があるのです。喜善さんにもお目に掛かれたらいいなとは思ってました。たしか山口集落にお住まいだったはずです」

遠野駅から土淵村は八キロほど離れている。丹野煉瓦は土淵村の栃内《とちない》集落にあった。

「それはちょうどよかったです。遠野の駅から佐々木さんのお宅までイワンを連れていってあげてください」

「二里ほどですよね。それくらいでしたら何とかなるでしょう」

行き先が同じ村では引き受けざるを得ない。

釜石《かまいし》街道に沿って列車は東へと進み続ける。

イワンがぼんやりと口を開いた。

「宮沢サンハ土ノ調査ニ行クンデスネ」

「丹野煉瓦という会社に頼まれて、近くの土淵の山で煉瓦に適した土を探すんです。いまある採土地からの産出量が減ってきたんだそうでしてね」

「新シイ土、探スンデスネ」

「まぁ、本格的な試掘は作業員などを雇って別に行うことになるべけども、そこまで段取りをする前に、試掘をすべき山があるかどうかを調査するわけです」

「コンクリートノ家ヨリ暖カイノニ、日本ニ煉瓦ノ家少ナイ」

「半世紀ほど前まで、日本には煉瓦は存在しながったからです。それに、最近の新しい立派な建物は、コンクリートで造るほうが流行《はや》っています」

賢治の言葉に、イワンは重ねて訊いてきた。

「日本ハ地震ガ多イカラ煉瓦ノ家ガ少ナイノデスカ？」

「たしかにそれはあるかもしれないですね」

イワンはにっと笑うと納得したようにうなずいた。賢治はイワンがきわめて分析的なものの見方をすることにちょっと驚いた。

午後一時前に列車は無事に遠野の駅にすべり込んだ。


【3】


水力電気会社に向かう雪本と遠野駅で別れた賢治は、まずはイワンを土淵村の山口集落にある佐々木喜善の家に連れていこうと考えた。同じ土淵村の栃内集落にある丹野煉瓦からは夕飯までに来るようにと言われていた。

のどかなたんぼ道の大槌《おおつち》街道を歩き続けていると、やがて石碑《せきひ》がいくつも並んだ辻が現れた。この辻を右へ曲がれば山口集落へ続く道である。喜善の家は知らなかったが、村議会議員なのだから、山口で訊けば間違いなくわかる。

「イワン、疲れたんじゃないですか」

立ち止まって振り返ると、イワンは何度も頭を下げてかしこまった。

「スミマセン、スミマセン」

「もうすぐ佐々木さんのお宅ですよ。あとちょっとだから」

もう一度頭を下げると、イワンはなにも言わずに賢治の後に従《つ》いてきた。

山口街道に入っていくらも歩かないうちに、道の右手に茅葺《かやぶ》きを載せた漆喰《しっくい》壁の立派な曲家《まがりや》が見えてきた。

近づくと、濡《ぬ》れ縁《えん》に腰を掛けていた柳鼠《やなぎねずみ》の綿袷《めんあわせ》着流し姿の男が立ち上がって、賢治の歩いている道に向かって歩み寄ってきた。

「宮沢さんじゃないですか！」

三十代半ばの大柄な男は、驚きの声を上げた。卵形の品のよい輪郭《りんかく》に鼻筋が通って、両の瞳は静かに知性をたたえている。佐々木喜善だった。

喜善は撫《な》でつけた髪も細い口髭《くちひげ》も都会風で文学者らしい風貌《ふうぼう》だった。

「佐々木さん、ご無沙汰《ぶさた》しております。お目に掛かれて嬉《うれ》しいです」

「こんな田舎に、いったいどうされたんですか？」

「実はこちらのイワンが、あなたとお知り合いだと聞いて連れてきたのです」

初めてイワンに気づいたように、喜善は一瞬身を引くようなそぶりを見せた。

「外国の方ですね？」

喜善の顔にいぶかしげな表情が浮かんだ。

「お知り合いではないのですか？」

今度は賢治が不審がる番だった。

「直接は知りません。しかし、心当たりがないわけではありません……宮沢さんはどうしてイワンさんをご存じなのですか？」

賢治はこれまでのいきさつをかいつまんで説明した。

「今日見えるとは聞いていなかったんだがな……」

喜善は首をひねっていたが、とりあえずは納得したようだった。いったい二人はいかなる関係なのだろうか。後で訊いてみようと賢治は思った。

「さ、まぁ、中へ入ってください」

喜善は爽《さわ》やかな微笑を浮かべて、きれいな発音で賢治を玄関へ誘った。

(やっぱり、東京の大学行ってた人は違うナ)

賢治は幾分か気後《きおく》れを覚えながら、後に従いて広い前庭に歩を進めた。

「いまちょうど高善《こうぜん》旅館に滞在している知人たちが家さ来てるもんで」

土間に入ったところで、喜善が意外な言葉を口にした。

「はぁ、どなたです？」

「たまげますよ。大変な人たちですから」

賢治の目を見て喜善は意味ありげに笑った。

「客間へどうぞ」

跳ね上がるようにして座敷へ上がる喜善に続いて賢治も式台を踏んだ。

イワンは土間の隅に立ったまま近づいてこなかった。

八畳の客間には、藍色《あいいろ》の紬《つむぎ》を着た父の政次郎と同年輩の男が、花梨《かりん》の座卓を前に背を屈《かが》めて書き物をしていた。丸い縁《ふち》なし眼鏡《めがね》を掛けた初老の男は、大変な貫禄《かんろく》を漂わせていた。背後の素朴な床《とこ》の間《ま》や山水の軸が不釣り合いに感ずるほどだった。

「柳田先生、お邪魔致します」

喜善が姿勢を正してあらたまった調子で声を掛けると、男は顔を上げて賢治を見た。

（あ……この方が……）

目の前に座っているのは『遠野物語』の著者であり、かつて農商務省にあって斬新な農政学を提唱し、貴族院書記官長を務めた柳田国男なのである。

「初めてお目に掛かります。先生の講演の速記録、すべて拝読しております。柳田先生の中農主義には心底、敬服致しております。僕も小作農の惨《みじ》めさを救うことが、救国の策と信じるものであります」

興奮した賢治は中学生が試験官に答えるような上ずった調子で喋《しゃべ》った。

明治大正期の農政思想は、アメリカに範をとった大規模農場への転換を図《はか》るべしと主張する大農主義を主張する少数の論者と、現状を維持しようとする大多数の小農主義に分かれていた。

農商務省の高級官僚であった柳田は、寄生地主制を前提とした小農保護論に異を唱えた。小作農が自立できる最低限度の農地を二ヘクタールと設定し、この規模の農家の育成を国策とすべしと唱えたのであった。

だが、積極的に論文を執筆し、講演を行ったにもかかわらず柳田の中農論は受け容れられなかった。

農学校、高等農林時代に岩手の小作農の惨状を身近に知っていた賢治は、夢物語に近い大農主義と違って、現実性の高い柳田の中農主義に深く感銘していた。

柳田は一種微妙な表情を浮かべて賢治を見た。

「そりゃあ、ずいぶん前の講演の話だ。わたしがいま、一番の関心を持っているのは、郷土研究なんだよ。佐々木くん、こちらの青年が例の……」

柳田は口元をゆるめると、喜善へ顔を向けて訊いた。

「あ。失礼しました。宮沢賢治と申します」

賢治は深く身体を二つに折った。背中に幾筋もの汗が流れ落ちた。

「宮沢さんは盛岡高等農林を優等で卒業した方なんです。土壌学の権威者の関豊太郎教授に助教授の口を薦《すす》められたのに断ったんですよ」

喜善は取りなすように、賢治の左肩に軽く手を置いた。

「僕は短歌や詩といった創作の世界で生きてゆきたいのです」

賢治ははにかんで言った。まだ、詩も小説も書いたことはないが、いつかは文学で生きていきたかった。

ところが、柳田は眉をひそめて大きく舌打ちをした。

「創作……芸術志向ですか。せっかく高等農林を出なさったんだから、芸術など世捨て人の手慰みを目指すことなく、農学の立派な知識で世に立たれたらよいでしょう」

「はぁ……」

賢治は二の句が継げなかった。柳田は若い頃から森鷗外《もりおうがい》と親交を持ち、田山花《たやまか》袋《たい》、国木田独歩《くにきだどっぽ》らと『抒情詩《じょじょうし》』を出版するなど詩人としても知られていた。

「佐々木くん。同好の士というわけかね」

柳田の皮肉な調子に、喜善が胃痛でもするように顔をしかめた。

「失礼ですが、農業は芸術であるべきだと考えています」

心の底に湧き上がってきた憤懣《ふんまん》を、賢治はそのまま口に出してしまった。

「ほう？　農業が芸術とね」

柳田は、ちょっと意地の悪いような、それでいて興味深げな複雑な表情を見せた。

「はい。真の芸術は宗教的理想を実現する手段です。真の芸術は農業生活の中から生み出されるのです。芸術、宗教、農業は三位一体《さんみいったい》のものであるべきと信じております」

賢治は自分の声が部屋の壁に強く響くのを感じた。

「あはははは」

柳田は天井へ顔を上げ、心底おかしそうに笑った。

「何がおかしいんです。僕の信念です」

賢治の怒りはどこ吹く風で柳田は泰然自若《たいぜんじじゃく》とほほえんだ。

「わたしは芸術からも農政学からも逃げ出してきて、いま、こうして遠野に来ているというわけなんだよ……なぁ、佐々木くん」

柳田は眉を上げてちょっとおどけた表情を作った。

「はは、柳田先生もおっしゃいますね」

喜善の力のない笑い声が響いた。

「おお、そうだ。佐々木くん。宮沢くんを彼女にも紹介しなくてはね」

「はい、無論そのつもりです。おーい、マツノ。お客さまにお茶をお持ちしないか」

「はい、ただいま」

土間側の襖《ふすま》から若々しい女の声がした。振り返ると、割烹着《かっぽうぎ》を着た楚々《そそ》とした感じの女性が茶盆を捧《ささ》げ持って膝行《しっこう》して部屋に入ってきた。細面《ほそおもて》に切れ長の目が静かに澄《す》んでいる。

「家内のマツノです。用足しに出ていたので、ご紹介が遅れました」

「よろしくお願いします」

喜善が紹介したが、賢治はうつろに頭を下げただけだった。

マツノ夫人の後ろから菓子盆を持って現れたのは磁器で作られた人形だった。賢治は息を呑んだ。いや、人形が動くはずがない。

盛岡の映画館で観たパテ社のフランス映画のヒロインのような女性に、現世で出会うとは思ってもいなかった。しかも総天然色である。

澄み切った乳白色の肌に、白金《プラチナ》の豊かなショートカット。石榴《ざくろ》色の小さな唇《くちびる》。憂《うれ》いを含んだ湖水のように澄んだ青玉《サファイア》色の瞳。咲きかけの薔薇を想わせる頬……。

夫人から借りたものだろう。身につけている藍染め麻の単衣が不思議と似合っていた。

（ああ、なんて月並みな表現しか思い浮かばないんじゃや。俺は詩人を目指しているはずじゃないのか）

「はははは、佐々木くん。君の娘さんに、賢治くんは魂を飛ばしてしまったようだよ」

柳田はさも愉快そうに笑って喜善の背中をつついた。

「いや、少しも、わたしに似なかったので……」

「佐々木さんのお嬢さん？」

賢治の追及の目に負けたか、喜善は床の間のほうへ目を逸《そ》らしてしまった。

当の少女はかすかな微笑を口もとに浮かべて立っている。

「お二人ともお人が悪いですわ。エルマさんがわからないと思って」

マツノが笑顔で柳田と喜善をにらんだ。

いきなりエルマが石榴色の唇を開いた。

「トレ・アグラーブレ、キオ・エスタス・ヴィア・ノーモ？（はじめまして。お名前は？）」

賢治はどきどきした。エルマの口にしている言葉がわかる。それは、賢治がわずかに知っているエスペラント語だった。

「トレ・アグラーブレ、ミア・ノーモ・エスタス、ケンジミヤザワ（はじめまして。わたしの名前は宮沢賢治です）」

賢治は鼓動を速めながら、必死で覚えている言葉を口から紡《つむ》ぎ出した。

「ミア・ノーモ・エスタス、エルマ・ラムステット（わたしの名前はエルマ・ラムステットです）」

賢治は飛び跳ねたくなった。

(やった、やった。俺の言葉が通じたじゃ!)

「チュ・ヴィ・パ・ローラス・ヤパーナン・リングヴォン? (日本語が話せますか?)」

息せき切って賢治は尋《たず》ねたが、エルマは残念そうに首を振った。

「ネ・ミ・ネ・ポーヴァス・パローリ・ヤパーナン・リングヴォン (いいえ、日本語は話せません)」

残念ながら賢治は、それ以上の会話を続けるだけの語彙《ごい》を持たなかった。

「いやいや、宮沢さん。すごいですね。エスペランティストですか。さっそく言葉が通じてますよ」

喜善が感心したが、賢治は肩をすくめた。

「いや、僕はきちんと勉強したわけではないのです。将来は東京でしっかりした先生からエスペラント語を習いたいと考えているのす」

エスペラント語は、世界中の人が話し合えることを目的として、明治二十年(一八八七)にポーランドのユダヤ人医師・ザメンホフが考案した人造語である。賢治は本でいくつかの会話を覚えているだけだった。いずれ将来、きちんと学びたいとは思っていた。

「エルマさんは、いったいどういう方なんですか」

柳田はいたずらっぽい笑顔を浮かべた。

「あんまりきれいなんで佐々木くんがかどわかしてきたんだ」

「はぁ……？」

「いや、宮沢くんは真面目そうだから、信じてしまうかな。エルマさんは、フィンランド共和国の初代公使としてこの二月に来邦したグスタフ・ヨン・ラムステット博士のご長女だ」

「フィンランドは北欧の国ですね。それ以上のことはよく知りません」

賢治は小さな声で答えた。

「昨年、我が国と正式に国交が成立したんだが、森と湖の美しい国で、三陸《さんりく》海岸によく似た入り組んだ海岸線を持つ。ラムステット博士はアルタイ語学者で、ヘルシンキ大学の教授だった人だが、東洋、ことに我が国に多大な関心と理解を抱いておられる。わたしは博士のアルタイ比較言語学の講義を聴講している関係で仲よくして頂いている」

柳田はまさに国際人だった。花巻にこんな人物は一人もいないだろう。

喜善のつきあいの広さに賢治は舌を巻く思いだった。

賢治も引っ込み思案のところがあるくせに、自分の知りたい知識を持っている人には、ずんずんと近づいてゆくほうだが……。

「エルマさんも東京以外の日本を見てみたいと強く希望していたんだ。ところが、あいにくなことに、彼女は日本語は片言しか話せない。それで、わたしが岩手まで連れてきたんだ。彼女はまだ一五歳だ。みんな、大事にしてあげてほしい」

柳田の言葉に、賢治は驚いてエルマの顔を見た。真ん中の妹のシゲは六月に一九歳になったが、むしろエルマのほうが大人びて見える。

ふすまが開いてマツノ夫人がイワンを連れてきた。

「皆サマ、初メマシテ、イワン・ブーニント言イマス」

イワンは几帳面《きちょうめん》に頭を下げた。

「柳田国男だ。イワンはここに役目で来たんだね」

柳田はやわらかい声で尋ねた。「役目」とは何だろう。だが、賢治から訊けるはずもない。

イワンはちょっと考えてから、にっと笑って答えた。

「ハイ……デモ、ホカノ人モ来マス」

「そうか、君一人ではないんだね」

「ワタシ日本語ダメナノデ、ホカノ人来マス」

「わかった。後から来る人を待つことにしよう」

柳田はほほえんだ。

そのとき、背後で時計が四時を打った。

「それでは僕はこれで失礼します。栃内集落の丹野煉瓦に呼ばれておりますので」

「そうかね。わたしは明日の朝ここを発《た》って、三陸方面へ向かうんだ。今日は会えてよかったよ」

「僕のほうこそ、柳田先生や皆さまとお目に掛かれて光栄でした」

賢治は立ち上がって、柳田をはじめ一同に頭を下げ、喜善宅を後にした。


【4】

丹野煉瓦は栃内集落の東外れにあり、喜善の家から一キロ強しか離れていなかった。

大槌街道に戻って界木峠《さかいぎとうげ》（境木峠）へのゆるやかな上り坂を歩き始める。カラマツ林の葉が夕方の陽ざしに揺れて、厚楽沢《こうらくざわ》の清流が銀色に光っている。あちこちからヒグラシの鳴き声が聞こえてくる。さわやかな夕暮れに賢治は心も軽く丹野煉瓦を目指した。

十分ほどで杉林の低い丘を背にして厚楽沢に沿った数棟の煉瓦造りの建物が見えてきた。工場の東端には焼成炉用のものなのか、一本の高い煙突がうす灰色の煙を吐いている。

ゆるい傾斜を下って入口に向かって歩を進めてゆくと、車寄せの前を、がっしりとした筋肉質の大柄な男が歩いてくる姿が目に入った。

会社の名前を染め抜いた紺《こん》色の印半纏《しるしばんてん》に地下足袋《じかたび》で丹野煉瓦の職工だと思われた。

賢治が軽く頭を下げると、男は立ち止まって腹の前に両手を当て丁寧にお辞儀を返した。西洋人にも似た鼻が高く彫《ほ》りが深い顔の中で、大きな瞳が強い光を放っている。あごの左側に鉛《なまり》色の傷があるのが目立った。

男はそのまま左手の煙突のそびえる方向に歩み去った。

賢治は車寄せに歩み寄っていった。蔦葉《つたのは》を浮き彫りにした漆喰天井に埋め込まれた半球型の電笠が、玄関扉を飾る菱形の緑色ガラスに温かな光を映していた。

遠野に電灯が点《とも》ったのは、わずか七年前の大正二年（一九一三）のことである。

猿ヶ石《さるがいし》川沿いに造られた岩根橋《いわねばし》発電所の能力には限界があり、電力の供給は不安定だった。判任官である小学校長の月俸が三十円なのに、取付料が五円も掛かるので、中流以上の家庭でなくては電灯はつけていなかった。

「宮沢先生、お待ちしておりました」

八畳ほどの玄関ホールへ入ると、小女を連れた丹野社長が出迎えてくれた。手紙でしかやりとりをしたことはない。だが絽《ろ》の羽織を粋に着こなした三十代の色白の男は社長以外には考えられなかった。

「これは社長、お出迎え頂いて……おもさげながんす」

「汽車の時間からして、もっと早くお見えかと思っていました」

社長は細面に品のよい微笑を浮かべた。

「すみません。佐々木さんのところでお客さんたちと話し込んでいたんで、すっかり遅ぐなってしまいました」

「なんでも、高名な学者の先生や西洋人のお客さんが見えているそうですね。昼間、高善旅館の番頭さんが来て、そんな話をしていました。さすがは佐々木さんですね。東京に出ていた人は、やっぱし違うすな」

「皆さんにお目に掛かって僕も勉強になりました」

無言でうなずいて、社長は話題を変えた。

「すぐに夕飯を支度させます」

「あの……手紙でお知らせしたとおり、僕は肉や魚がダメなのす」

「そうでござんすなす。まるで禅寺のお坊さんのようでがすな」

「少しは食べられるのですが、あまり好きでないのです」

「大丈夫です。今夜はわたしも禅坊主におつきあいしますよ」

「おもさげねすな」

「今夜ばりですよ。明日からは先生の目の前で、血のしたたるビフテキを頂きますので、ご覚悟下さいよ」

社長は声を立てて明るく笑った。

「どうぞお気遣《きづか》いなく。ほかの人が食べてるのは平気なんです」

奥の客間で出された夕食は社長の気遣いで、徹底した精進《しょうじん》料理だった。

なすの田楽《でんがく》、豆腐《とうふ》の蒲焼《かばや》き、蓮根《れんこん》のあんかけ、ジャガイモのあられ揚《あ》げ、枝豆の醬油煮《しょうゆに》、新生姜《しんしょうが》の炊き込みご飯など、賢治には嬉しい料理がずらずらと並んだ。味つけもよく、賢治は心ゆくまで楽しんだ。

食後にはちょうどよい熟《う》れ具合の白桃が出てきた。

みずみずしくなめらかな舌触りと、甘みと酸味のほどよいバランス、やさしい香りを賢治は堪能した。

「丹野煉瓦さんの採土場からは粘土が採れなくなってしまったのすか」

「いいえ、現在も厚楽沢の採土場からは良質の粘土が出ています」

煎茶器を手にしながら、社長はゆったりと答えた。

「ではなして、新しい採土場を探そうとなさっているのすか」

「いや山っ気です。今年に入ってから物価が高騰《こうとう》しておりましょう」

「はぁ、なんでも高くなっていますね」

「とくに建築資材はすごいのです。煉瓦も例外ではねえのす」

「なして、建築資材が値上がりしているのすか」

「我らが郷土南部が誇る平民宰相《へいみんさいしょう》、原敬《はらたかし》先生のお力です」

社長は誇らしげに胸を張った。

盛岡藩の家老の家柄に生まれた原敬は、新聞記者から外務官僚を経て二年前の大正七年に総理大臣に就任した。

東北人、ことに南部人で原敬を誇りに思わない者は一人もいなかった。それまでは、肥前《ひぜん》の大隈重信《おおくましげのぶ》と公家《くげ》の西園寺公望《さいおんじきんもち》を除き、薩摩《さつま》・長州《ちょうしゅう》出身者で占められていた内閣総理大臣の地位にはじめて就《つ》いた東北人が原敬だった。戊辰《ぼしん》戦争以来「白河《しらかわ》以北一山百文」と侮蔑《ぶべつ》されてきた東北人は、原の首相就任を驚喜して迎えた。

さらに原が爵位《しゃくい》を固辞し続けたことも、東北人の誇りであった。世間の人々は、親しみを籠《こ》めて彼を「平民宰相」と呼んだ。

また、原は第三代立憲政友会《りっけんせいゆうかい》総裁であり、陸海軍大臣と外務大臣以外の閣僚は、すべて政友会員から出した。薩長閥《ばつ》から離れた我が国初の本格的な政党制内閣に対する国民の期待も高かった。

「原首相がいろいろな建物や鉄道線路などを作って下さるおかげで、いまや煉瓦は品不足の状態なのです」

世界大戦（第一次世界大戦）による好景気がもたらした歳入増加に恵まれた原は積極財政を展開した。原内閣は鉄道や道路を建設する一方で、港湾の修築、河《か》川《せん》改良、電話の普及など幅広い分野の公共投資を展開していった。

「なるほど、よくわかりました。丹野社長はこの工場の煉瓦を増産しようとなさっているんですね」

「その通りです。引き合いはなんぼでも来ています。売れるときに売っておきたいですからね」

社長は上機嫌に言って茶を飲み干した。

すでに好景気の波は去り、世間は不況に喘《あえ》いでいた。

今年の三月に起こった戦後恐慌《きょうこう》は株価の大暴落など日本経済に大打撃を与えていた。世界大戦以降の過剰生産が原因であることは明らかだった。

だが、そんな中でも丹野社長のように、さらなる増産を計画している事業家も存在するのだ。

賢治は不安を感じたが、自分が口を出すべき問題ではなかった。

「ところで、玄関の前で大柄な半纏姿の人に会いましたが」

気になっていた男のことを、賢治は尋ねてみた。

「うちは社員が三名、職工が十二名おります。大柄な者が多いんですが、誰でしようかね」

「ああそうそう、あごに傷のある人でした」

「それなら、職工頭の三吉《さんきち》でがんすね」

「なんだか迫力のある人ですね」

「大場《おおば》三吉といって樺太《からふと》アイヌです」

　賢治は少なからず驚いた。髪も短くしていたし髭もきれいに剃り上げているので、アイヌとは思っていなかった。内地に働きに来ているアイヌの人に会うのは初めての経験だった。

「うちの職工は全員が男衆で、七人はこの栃内集落の人間ですが、残り五人はアイヌなのす」

「なしてアイヌの人たちをたくさん雇っていらっしゃるんですか」

「実は五年前に亡くなった父が、樺太でヒグマに襲われたことがありましてなす」

「そりゃおっかねえ……」

「急行列車とぶつかってもすぐには死なないくらいですからね。父は間一髪《かんいっぱつ》というところでした。そのとき救ってくれたのが、現地のアイヌだったのです。それ以来、我が家では必ずアイヌを雇うことが家訓となっているのです」

「なるほど、では五人の職工さんは、北海道ではなく樺太から来てるのですか？」

賢治にとってはいつかは行ってみたい憧れの地であった。

「そうです。全員が間宮海峡《まみやかいきょう》に面したロシア国境の恵須取《えすとる》支庁西柵丹《にしさくたん》村の出身です」

明治三十八年（一九〇五）、日露戦争が終わった後に締結されたポーツマス条約によって北緯《ほくい》五十度以南の南樺太は、明治時代の終わりには大日本帝国の領土に編入されていた。

日本領となってから十三年が経ち、北海道や内地からの流入人口は増え続けている。割譲《かつじょう》当初は二万六千人しかいなかった人口は十万人を超えていた。

漁場は和人に独占され、懸命に開拓した畑地は和人に払い下げられ、もともと樺太にいたアイヌたちは生活の場を奪われていた。

遠野は五人にとっては未知の地であろうが、安定した職場を得られた彼らは幸《さいわ》いと言えるのかもしれない。

「人選は西柵丹村の村長に任せています。だいたい一年で交替させています。いまいる五人はこの六月から来てもらっています」

「仕事ぶりはどうなのすか」

「この村の者よりよく働きます。根性があって頑健《がんけん》で、余計な無駄口はききませ
ん。まんずまずありがたい働き手ばかりでがんすよ」
「村の人との衝突《しょうとつ》などはないのすか」
「彼らは子どもにもやさしく、酒もいっさい飲みません。ほかの職工ばかりでな
く村の者みんなに好かれでいます」
「それは結構ですじゃ。で、大場さんがリーダーなんですね」
「いままでいた者たちよりも、この六月に来た連中はさらに優秀です。それとい
うのも、あの三吉がリーダーとしてしっかりしているからでがす。どうやら乙名《おとな》
(族長)の血筋らしく、ほかの四人も三吉の言うことには文句ひとつ言わず従い
ます。大助かりです」
　社長はさも嬉しそうに言葉を継いだ。
「三吉は熱心な耶蘇信徒で休みには花巻の教会に行くんですよ。樺太アイヌには
珍しくないそうでがんす」
　樺太はロシア正教が盛んな土地である。と、すれば、花巻正教会のことだろう
か。
　だが、賢治には三吉を見かけた記憶はなかった。

時計は九時をまわっていた。賢治は明日からの調査計画を社長と話し合い、滞在中の居室として用意された煉瓦造りの離れへと引き揚げた。

離れは蔵に似た外観で、ゲストハウスとして建てられた建物のようだった。十字格子の洋窓が三方向に穿《うが》たれていて、右側と奥の窓からは工場が見え、左側は杉林になっていた。

三角屋根の工場の前には、焼成済みの煉瓦が整然と積み上げられているのが、白熱灯の温かい光に照らされていた。

白茶色の通路が、建物の間で直角に何箇所も交差している構内は整然として美しかった。

(この工場さ、西洋人の兵隊の人形を歩かせたらよく似合うべな)

ぼんやりと構内を眺めながら、賢治はそんなことを思った。

杉林の奥から楽隊の奏でる軽快な軍楽が聞こえてくる。

(さぁ、小太鼓とチューバがリズムを作るぞ。トランペットとトロムボーンの明るいマーチが聞こえてきた。倉庫の角から兵隊たちが三列縦隊《じゅうたい》に並んで行進だ)

賢治の脳裏では、金のエポレットやモールで飾られた赤い軍服を着た小さな兵隊たちが生真面目《きまじめ》な顔でこちらへ向かって行進してくる姿がいきいきと浮かんでいた。

（いかんいかん。明日の準備させねば）

室内にはベッドのほかに、杉林に向いた小さな木机も用意されていた。

賢治はスタンドを灯して参謀本部の地図（現在の国土地理院地図）を机上にひろげた。

明日はまず現在の採土場で土を見ることから始めないとならない。この工場で実際に原材料として使っている粘土の質を、自分の目と指で、さらには舌でも確かめてみる必要がある。

賢治は花巻川口尋常《じんじょう》小学校に入学した頃から鉱物採集と昆虫の標本づくりが大好きで、一一歳の頃には家族から「石コ賢さん」と呼ばれるような始末だった。

土壌学を専門とする関教授の下で学んだのも、この趣味が発展したためである。得業（卒業）論文は『腐植質中ノ無機成分ノ植物ニ対スル価値』だった。また、高等農林研究生時代には、関教授の依頼で稗貫《ひえぬき》郡を中心とした地域の土質調査を続けていた。

採土場は、工場敷地の東端から五百メートルほどの厚楽沢の岸辺にあった。

ここから人力で平地まで上げてトロッコで工場内へと運んでいるのだった。トロッコも人の力で押していた。

電力や蒸気エンジン馬力などを使う大規模な工場と違って、丹野煉瓦ではほとんどの作業を人力でまかなっていた。あまり離れた場所では、粘土の工場への搬入に難儀する。ふつうに考えて、厚楽沢のさらに上流で新たな採土地を探すべきだろう。

部屋の灯りが頼りなく明滅した。

(発電水車に木の葉でも詰まったべかな)

猿ヶ石川の岩根橋発電所の設備に問題が起きたのか。

ふっと顔を上げて目の前の杉林を見た賢治の全身に鳥肌が立った。

工場の灯りを受けて白麻の単衣に身を包み黒袴を穿いた一人の大男が立っている。

賢治は我が目を疑った。

真っ白な顔に金色の眼、大鼻と引き結んだ口元、黒いざんばら髪……。

神楽面の大男だった。

「じゃじゃっ、うわぁっ、うわぁーっ」

賢治は絶叫してベッドに潜り込んで頭を抱えて震えていた。

「宮沢先生ーっ」

しばらくすると、あわただしい足音が聞こえてきた。

入口の木扉をガタガタとゆする音が響きわたった。

「宮沢先生っ、どうしたのすか」

社長の声だった。

部屋の灯りはすでに復旧していた。

ベッドから飛び起き、賢治は扉を開けた。

「神楽面の大男が杉林に……」

賢治は振り返ってあごをカクカク言わせながら、窓の外を指さした。

だが、杉林には人影などなかった。

「おいっ、怪しい大男がいだそうだ。工場中を探しまわれっ」

社長は建物の外に向かって大声で命じた。

後ろには三吉を先頭に屈強な男たちが手に手にカンテラを提げて立っている。

「へいっ」「へいいっ」

男たちは答えて四方向に散開した。

「なぞな神楽面だったのですか?」

大男の姿を伝えると、社長は思い当たるフシがあるように答えた。

「そりゃあ、《タヂカラオ》だな……」

「やっぱり神楽面ですよね」

「んでがす、七月に早池峰神社で催《もよお》される神楽で使う天手力男神《アメノタヂカラオ》の神楽面によく似てます。んだども、祭りが済んでからそんなものをかぶって歩いている者はいないはずですよ」

ペトロフ司祭を殺した大男の正体を、賢治は社長に伝えようと思った。だが、自分が警察に拘留されたことへの引け目もあって、結局は口に出せなかった。

三十分ほどして、カンテラの灯りが次々に戻ってきた。

「旦那さん、どこにも怪しい男などいなかった」

三吉が少しかすれた低い声で答えた。

「ご苦労だった。みんな戻って寝《やす》んでけろ」

男たちは頭を下げて戻っていった。

「宮沢先生、何かの見間違いではないのすか」

「見間違いなんてことはありません。たしかに杉林に立ってだのです」

「では、また何かありましたら、呼んで下さい。すぐに駆けつけます。おやすみなさい」

本気にしているようすはなかったが、社長はそう言って会釈《えしゃく》した。

「ありがとうございます。おやすみなさい」

社長を送り出した賢治は入口の木扉を閉めると、三箇所の窓の鍵を念入りに確かめて灯りを消し、ベッドに入った。

目をつぶっても、さっき見た神楽面が脳裏《のうり》に浮かんでなかなか寝つかれなかった。

それでも一時間ほどすると、旅の疲れもあって、眠気が襲ってきた。

目を覚ますと、朝の光の中でタヂカラオへの恐怖は消えていた。

朝食をすませて、身支度を整えた賢治は採土場へ向かった。

雑木林の斜面が、二百メートルくらいに渡っておよそ三十度の傾斜に削られている。

遠野は、花崗岩《かこうがん》質の上にできた盆地だが、ところどころに粘土が堆積《たいせき》している。だが、この崖は賢治が望見する限りでは礫の多い砂岩と思われた。

残念ながら化石探しをしている暇はないが、こんなところにブロントサウルスやチランノサウルスみたいな恐蜴《きょうえき》（恐竜）がいたはずはない。アムモナイトの化石だって見つからないだろう。

丸太を組んだ土留めの下が平面にならされているが、採土した痕《あと》は大きな窪地となっていた。ちょうど分校の運動場といった広さだろうか。

古く採土した周辺部にはススキをはじめとする雑草がまばらに生え、窪地の底には雨水が溜まっていた。丹野煉瓦は鉄分が多いためか、焼成すると赤みが強いが、露出している粘土そのものは濃いめの砂色だった。

採掘作業は行われておらず、人気《ひとけ》はなかった。

厚楽沢上流で探すとすれば、粘土の性質はここで採れるものと変わらないはずである。

賢治は三メートルほどの深さの穴の底へ下りていった。水たまりを避け、ミニスコップで粘土を手のひらにすくい取る。色合いを観察した後で、指先ですりあわせて硬さや粘り気を確かめたり、匂いを嗅《か》いだり舐《な》めてみたりする。納得がいくと、賢治はルックザックからサンプル管びんを取り出して少量の粘土を収めた。

賢治は厚楽沢を遡上《そじょう》しながら、何度もスコップを取り出しては、地面を掘り返す作業を続けた。だが、いくら期待して手のひらに取ってみてもサンプル管びんに収める必要を感ずるような土は見つからなかった。

（そう簡単に採土地が見つかるはずはないな……）

午後三時をまわった。いささか疲れを覚えた賢治は今日の作業を切り上げることにした。

一昨年の六月の終わりに岩手病院で肋膜炎と診断されたときに、医師からは山歩きをやめるようにと言われていた。若い頃から愛した山歩きをどうしてもやめられずに今回の調査も受けたが、無理ができないことは本人がいちばんよくわかっていた。

丹野煉瓦に戻った賢治に、喜善から夕食をご馳走《ちそう》するから来て欲しいとの知らせが届いていた。

賢治は足取りも軽く山口集落に向かった。はっきりとは聞かなかったが、あの美少女エルマが滞在しているかもしれない。

石仏の多い田舎道を歩きながら、賢治の胸ははずんでいた。

曲屋が視界に入ってくると、賢治の鼓動はさらに高まった。

「宮沢です」

土間に入って声を掛けると、「はーい」というマツノ夫人らしき声が返ってきた。

ところが、鴨居《かもい》で大きく首を曲げて薄暗い座敷から姿を現した人影はマツノ夫人ではなかった。そこには賢治の予想しない長身の外国人青年が立っていた。

「宮沢賢治サンですね。はじめまして、ニコライ・ネフスキーです」

ニコライと名乗った青年は、賢治よりもはるかに美しい日本語で自己紹介した。

藍鼠《あいねず》の綿の袷の着丈がきちんと合っているのは、借り物ではなく自前の着物なのだろう。外国人の年齢はわかりにくいが、自分よりは五歳から八歳くらいは歳上だろうか。

ニコライは淡褐色《たんかっしょく》のもしゃもしゃした髪の毛を掻《か》き上げながら、灰色がかった緑色の瞳を向けた。

「はじめまして。ネフスキーさん、宮沢賢治です」

気後れを感じつつも名乗ると、ニコライは右手を差し出してきた。

指が長く温かい手のひらだった。

「いんやニコライと呼んでけろ。怠け者《へったぐれ》だども、仲よくしてくなんせ」

賢治は驚きのあまり、ニコライの顔をじっと見つめてしまった。外国人と接することには慣れている賢治だが、南部弁で挨拶されたのは初めてだった。

「ワタシの南部弁おかしくないですか？　佐々木サンに習ったのです」

「いいえ、ぜんぜん。本物の南部人のようです。わたすのことも賢治と呼んでけろ」

「嬉しいです。賢治サン」

ニコライは子どものように嬉しそうに笑った。

マツノ夫人が姿を現して、微笑みながら会釈した。

「いらっしゃいませ。主人もお待ちしております。お二人ともお茶でも淹《い》れますので。さ、どうぞ」

マツノ夫人にいざなわれて、賢治とニコライは昨日と同じ客間に身を移した。

「宮沢さん、お忙しいのに大丈夫でしたか」

欅《けやき》の座卓を前に、喜善が開かれた障子窓を背にうちわを使っていた。さわやかな風が風鈴を涼やかに鳴らしていた。

「いや、お気遣い頂いて恐縮です。丹野煉瓦のほうは大丈夫です」

「柳田先生は今朝早く発たれたのですが、入れ替わりのようにニコライくんが訪ねてくれたんで、宮沢さんにお引き合わせしようと思いましてね。まず、座って下さい」

賢治とニコライは喜善を囲むように座卓の前に座った。ニコライがごくしぜんに床の間側を避けたので、賢治は仕方なく来客の位置に座らざるを得なかった。

「あらためてご紹介します。ニコライ・アレクサンドロヴィッチ・ネフスキーさん。彼は、五年前にペトログラード大学の官費留学生としてロシア帝国から日本さ来たんです。彼は天才なんですよ。本業は言語学者ですけんとも、漢学をはじめ、たくさんの言語に明るい。まだ二八ですが、日本語の読み書きも下手な大学生を上回るし、我が国の神道にも詳しい」

喜善の賛辞に、ニコライは白い頬を少年のように赤らめた。

「ワタシが来て二年が経ったら、ロシア帝国はなくなりました。ワタシの故国では内戦が続いています。ワタシには帰るところがない……でも、暮らすところはある。この日本です。ワタシは、この国でたくさんの先生と友達ができました」

ロシア人の天才学者というニコライに、賢治は素直な好感を抱いた。

「ニコライさんは、いまは日本で仕事をなさっているのすか」

「はい、去年から小樽《おたる》高等商業学校でロシア語の教師をしています。宮沢さんは、優秀な農学者だと佐々木さんから聞いています」

ニコライの瞳は明るく笑っている。

「そうなんですよ。盛岡の高等農林に首席で入学して、助教授として残れと言われたのに断った人なんです」

「日本の文化は農業と切り離せません。どうぞいろいろと教えてください」

ニコライは長身を折るようにして頭を下げた。

「いや僕の専門は土壌学なもんで……」

この若き俊才に教えられることなどありそうにもなかった。

エルマの姿は見られなかった。そういえばイワンも……。だが、エルマについて口にすることははばかられた。

「イワンの姿が見えないですね……」

賢治の言葉に喜善は、額にしわを寄せて答えた。

「イワンというあの人は、昨晩のうちにどこかさ消えてしまったんですよ」

「じゃ」

賢治は小さく叫んでしまった。

「もうすぐある用事でニコライくんを訪れる人があるのです。柳田先生もわたしもイワンがその人の仲間だと思い込んでましたが、違ったようです」

「んでも、この遠野にほかに行き先があるのだべか」

「さて、わたしにも見当がつきません」

「金もロクに持っていないはずです。食事にも困るでしょう」

遠野行きの岩手軽便の切符もおそらくは雪本が買ってやったものだろう。

「遠野盆地はある意味閉鎖的な土地です。ロシア人は現在、このニコライさんとイワンだけしかいないはずです。ウロウロしてればすぐに騒ぎになるでしょう。そのうちに見つかるのではないべが」

「見つかればいいんですけんども……」

喜善の言葉に疑いはない。だが、なぜイワンは遠野などという外国人が打ち解けにくい田舎にやってきたのだろう。

仮に花巻にいると生命を狙われるのだとしても、どうして、盛岡や仙台のようにロシア人たちが居住している町へ逃げなかったのだろうか。

(ああ、昨夜のタヂカラオ……)

杉林に立っていた神楽面の大男の影が、賢治のこころの中で大きくふくれ上がった。

「天手力男神のことをご存じですか」

神道に詳しいというニコライに賢治は尋ねてみた。

「ええ、知っています。『古事記《こじき》』や『日本書紀《にほんしょき》』にも出てきますね。天の手の力の強い男神という意味で、腕力を象徴する神ですね」

にこやかにさらっと答えるニコライに、賢治は舌を巻かざるを得なかった。

「賢治サンは岩戸《いわと》隠れの伝説をご存じでしょう?」

「あ、はい。アマテラスが岩戸に隠れて、全世界が闇に覆《おお》われて人々が困った伝説ですね。そのとき、アメノウズメが岩戸の前でおもしろおかしく踊って八百《やお》万《よろず》の神々が大騒ぎではやし立てた……」

「そうです。何ごとが起きたかとアマテラスが岩戸から顔をのぞかせたとき、アマテラスを引きずり出した剛力の神さまが天手力男神です。でも、なぜ急に天手力男神のことを?」

ニコライは不思議そうに尋ねた。

賢治は仕方なく、ペトロフ司祭殺害からここへイワンを連れてくるまでのいきさつを話さないわけにはいかなかった。

「ふぅむ。ペトロフ神父を殺した神楽面の男は、イワンをつけ狙って花巻から遠野までやってきたというわけか」

喜善はあごに手をやって考え深げに言った。

「そうなのです。僕にはイワンが、ただの寺男とはどうしても思えません。サンクトペテルブルクの小商人出身というのも怪しいすな」

イワンがなにか大きな秘密を持った人物のように賢治には思えてきた。

「ボリシェヴィキの名前を口にしたことからもわかるように、ペトロフ神父とともに帝政ロシア側の人間でしょうね。ソビエト政権側の人間が正教会の司祭になっているはずはないです。やはり、その雪本さんという記者が言うように、これは共産主義者が帝政ロシア側の邪魔者を消しているということではありませんか」

ニコライが理路整然と自説を述べ立てた。

「では、神楽面の男はニコライさんをも狙うのではないべが」

喜善の憂慮《ゆうりよ》にニコライは思いのほか気楽な調子で答えた。

「いや、ワタシは政治には無縁ですし、貴族の出身でもありません。共産主義者に狙われる理由がありませんよ」

襖が開き、そろって白い割烹着姿《かっぽうぎ》のマツノとエルマが朱塗《しゅぬ》りの椀を盆に載せて入ってきた。

「さぁ、エルマさんと二人で作った冬瓜汁《とうがんじる》ですよ」

「ボーナン・アペティートン（どうぞ召し上がれ）」

エルマは透き通るような頬を薔薇色に染めて朱椀を差し出した。

木椀を受け取る胸は高鳴った。フランスの女優が牧野省三《まきのしょうぞう》監督の映画に出演しているような不思議な陶酔《とうすい》感に、賢治は軽いめまいを覚えた。

「コーラン・ダンコン！（どうもありがとう！）」

エルマは微笑んで小さな顎を引くと、ぺたんと賢治の隣に座って自分の朱椀を手にした。長い金色の睫毛《まつげ》を伏せがちにして小さな唇をすぼめ、冬瓜汁を吹いて冷ましている。

賢治は心臓の拍動がエルマに聞こえるのではないかと冷や冷やしながら、冬瓜汁をすすった。

（あ、熱いっ）

舌を火傷《やけど》しそうになって、賢治はあわてて椀を吹いた。

それから座卓をみんなで片づけて夕食となった。

うるし塗りの木膳が運ばれ、マツノ夫人の心づくしの晩餐《ばんさん》が並んだ。昨日の本格的な精進料理よりも賢治の好みには合っていた。夫人の温かいもてなしの心がこもっているように思えて嬉しかった。ことに茄子《なす》の田楽と干しゼンマイの煮物は絶品だった。

ほかの会食者にとって最高のご馳走だった岩魚の塩焼きには手をつけられなかったが。

土淵村内の柏崎《かしわざき》酒造が醸《かも》す「櫻谷《さくらだに》」という日本酒が振る舞われ、酒をたしなまない賢治は猪口《ちょこ》二、三杯ですっかり酔っ払ってしまった。

ニコライは陽気に喋った。

「この七月に青森県の浅虫《あさむし》温泉に行きました。ここ数年研究しているオシラサマについて、現地の青年といろいろな話をできて嬉しかったです」

「オシラサマというと蚕《かいこ》の神さますな」

「そうです。東日本全体で信仰されていて、この遠野でも大変に盛んです。でも、陸中《りくちゅう》以北ではイタコと呼ばれる盲目の女性が、オシラサマに奉仕しているのです。ワタシはイタコとオシラサマの関係についてもっと知りたいです」

ニコライは瞳を輝かせた。

この日本の習俗や土俗的信仰に深い造詣《ぞうけい》を持つニコライに、賢治はひたすらに尊敬の念を抱いた。

「ニコライくんは柳田先生とも書簡のやりとりなどで一緒に研究を続けてるんだ」

「そうなのです。柳田先生は素晴らしい方です。今日はすれ違いになってしまって本当に残念です」

エルマはほとんど喋らなかったが、ずっとニコニコと笑っていた。

だが、明るい笑顔の合間にふと見せる淋《さび》しげな横顔が、賢治には気になってならなかった。

料理も進み、酒宴もお開きという雰囲気になってきた。

「宮沢さん、月がきれいですよ。ちょっと外へ月見に行ってみませんか」

濡れ縁に立って外を眺めていたニコライが振り返ってはしゃいだ声を出した。

「わたしは酔っ払ってしまって足元が危ない。もう休むことにするべ。宮沢くん、ニコライくんと一緒の部屋でいいば泊まっていって下さい」

喜善は畳に後ろ手をついて酒気を吐きながら言った。

「はぁ……丹野煉瓦で心配しないでしょうか」

「大丈夫ですよ。丹野社長さ、いざとなったら宮沢さんはうちに泊まっていくかもしれないと伝えてあります」

神楽面の大男が現れたあのゲストハウスに、こんなに遅くなってから帰りたくはなかった。

「では、お言葉さ甘えて……」

「そうしてけらい。では諸君、おやすみ」

喜善は言葉通りいささかふらつきながら部屋を出ていった。

その間にニコライはエルマと、賢治のわからない外国語で何やら話していた。

(そうか、この二人は自由に話すことができるんだ……)

賢治は頭の奥に痛みを感ずるような淋しさを覚えた。

「エルマサンが着替えてきたら、出かけましょう」

賢治の内心には気づくはずもなく、ニコライは弾《はず》んだ声で誘った。

第二章　ナターリア

【1】

小望月《こもちづき》は中空にあって青い光で野山を照らしていた。水蒸気の濁《にご》りが消えてすでに夏の夜空ではなかった。山口の里には初秋の気配が漂っている。

エルマは紺《こん》色のワンピースに着替えていた。

月光を浴び、ケヤキの木の前にたたずむエルマの姿は、現実感のない光景に感じられた。

（ああ、ギリシャの月の女神だ。アルテミスがこの世に降り立ったのだ）

背後のケヤキの木は女神に付き従う少女カリストーに身をやつしている姿に違いない。

いまにも空から白いもやのとばりが下りてエルマを包み、天界に連れ去ってしまうのではないか。そんな不安にも似た気持ちが賢治の胸に湧き起こった。

和装とは比べものにならないくらいエルマに洋装は似合った。

花巻では洋装の女性を見かけることはほとんどない。賢治は失礼と思いつつもエルマの立ち姿をしげしげと見つめてしまった。

胸元で銀色に輝くメダイヨンが目を引いた。白い象牙《ぞうげ》に刻んだ精緻《せいち》な女人像が埋め込まれている。銀の鎖《くさり》で首から吊された大きなペンダント。中には誰かの写真が入っているのだろうか。

「さぁ、いよいよ月も冴《さ》えてきましたよ」

弾《はず》んだニコライの声が響いた。

青い光の中、三人は喜善の曲屋《まがりや》を後にした。

ニコライは早足でずんずん歩いていく。賢治とエルマは置いてゆかれそうになりながら、長身の背中を追った。

コオロギの鳴き声に、下駄が砂利道の砂を蹴る音が混じって響いた。

「ニコライさん、どこか行く先の目当てがあるのすか」

賢治の疑問に、ニコライは立ち止まって振り返ると、巻き毛を掻《か》き上げながら答えた。

「ダンノハナかデンデラ野です」

「ダンノハナって何ですか？　デンデラ野っていうのは？」

ニコライの口にした二つの言葉は、賢治にとっては呪文そのものだった。

「ダンノハナは昔、館の有りし時代に囚人を斬りし場所なるべしと云ふ。地形は山口のも土淵飯豊《いいとよ》のも、同様にて、村境の岡の上なり……丘の上にて塚を築きたる場所ならん。境の神を祭る為の塚なりと信ず……」

ニコライの声が朗々《ろうろう》と響いた。

「柳田先生の『遠野物語』ですか」

ニコライはにこやかにうなずいて言葉を続けた。

賢治はまだ読んではいなかったが、ずっと気になり続けている著作だった。

「ダンノハナは壇の花なるべし……柳田先生のお考えでは、ダンノハナは『壇の花』と書くのです」

ニコライは手帳を取り出して、ちびた鉛筆で三文字を書き付けた。

「この言葉は、サンスクリット語である可能性も捨てきれない。《壇波羅密《ダンハラミツ》》とは、仏道で悟《さと》りを得るために、他人に施しを与える修行を言いますが、遠野は修《しゅ》験道《げんどう》の盛んな土地柄です。この《壇波羅密》が訛《なま》ったものとも思えます」

賢治の父も《壇波羅密》に熱心な門徒だったが、ニコライがダンノハナを訪ねたい理由は依然としてわからなかった。

「現在は共同墓地になっているのですが、ワタシは、ダンノハナは、遠野の人々にとって冥界《めいかい》を象徴する土地だと考えているのです。だから、処刑場として使われた時代もあった」

「でも、囚人を斬った場所なんかに、なして興味があるんですか」

「柳田先生は《境の神を祭る為の塚》と書いておられますが、この境とは現世と幽界の境を意味しているというのが、ワタシの仮説です」

「三途《さんず》の川が地上に流れてるみたいなもんですね」

「賢治サンは、おもしろいことを言いますね」

「渡り川とも言いますね。ギリシア神話にもステュクスってのがありましたね」

「おお、ステュクスというのですか。忘れないうちにメモさせて下さい」

ニコライはふたたび鉛筆を取り出すと、手帳の上で走らせた。

(こうして、ニコライさんはたくさんの知識を自分のものとしてきたんだな)

賢治は感心しつつ、手元を見つめた。

エルマも興味深げに、ニコライを見上げている。

「ダンノハナがこの地上の三途の川だとすれば、夜の状態は観察したい。煌々《こうこう》と輝いているあの月が、どのようにダンノハナを照らしているか、その状態に大いに興味があるのです。太古《たいこ》の人々が、ダンノハナを神聖な場所と捉《とら》えた理由がわかるかもしれませんからね」

ニコライは、天空に光る小望月を指さして瞳を輝かせた。

「本当に勉強熱心だなぁ。ニコライさんは」

賢治はこの若きロシア人学者の聡明《そうめい》さと、好奇心の強さに素直な驚きの声を上げた。

「興味があることには、我慢できない性質《たち》なんです」

ニコライはちょっと照れたように笑った。

「では、デンデラ野というのはどういう意味なのすか」

「遠野には、ここ山口のほかにも青笹《あおざさ》集落など何箇所かデンデラ野と呼ばれる土地があります。柳田先生の『遠野物語拾遺《しゅうい》』によれば、野辺送《のべおく》りの地である《蓮台野《れんだいの》》が転訛《てんか》した言葉だそうです」

「お釈迦《しゃか》さまが座る蓮台の野原という意味ですね。たしか、京都に蓮台野という風葬地があったと何かの本で読んだことがあります」

「さすが宮沢さんですね。実はここは、還暦《かんれき》を過ぎた老人を遺棄《いき》した棄老《きろう》の土地だったのです」

「いわゆる姨捨《うばすて》伝説ですか」

古今集《こきんしゅう》にも歌が残る信州《しんしゅう》更科《さらしな》の姨捨山の話をはじめ、日本各地に棄老伝説が流布《るふ》していることは賢治も知っていた。が、太古の伝説と思っていた。

「いやいや、遠野では伝説ではありません」

「実際にあった話なのすか……食い扶持《ぶち》を減らすためですね」

「そうです。老人たちはこの原で自給自足の共同生活を送り、時に村に下りて農作業を手伝って幾ばくかの食料を得て、静かに息絶えていったのです。つい江戸時代まであったことです」

「そんなに最近のことなんですね」

ニコライはうなずくと、楽しげに頬《ほお》を膨《ふく》らませた。

「ワタシはデンデラ野は、遠野の人々の意識の上では冥界そのものだったと考えています。こちらの夜の状態もぜひ観察したい」

ニコライは頬を上気させて熱を込めて喋《しゃべ》った。

「いいなぁ。そういうニコライさん。好きだなぁ」

「ははは、ただの物好きです」

話は通じていないだろうが、かたわらのエルマは二人の顔を見てニコニコと笑っている。

(彼は学究の徒であると同時に詩人なのだな)

デンデラ野の夜の状態を見たいというのは、学問的興味というよりは詩人としての美意識なのだろう。

賢治はすぐれた学者はまた、豊かな感性を持つ詩人でなければならないと考えていた。

賢治は、視界が開けた畑地の中のゆるやかな坂道を歩くニコライの背中を眺《なが》めながら思った。

ものの五分も歩かないうちに、ニコライが立ち止まった。

「ダンノハナは東へ逸《そ》れて山道を登らねばなりません。が、デンデラ野はここを左へ曲がった道沿いです。今夜はエルマサンも一緒だし、デンデラ野だけに行ってみることにしましょうか」

さらに五分くらい歩き続けると辻があって、畦道《あぜみち》に毛の生えたような道が横切っていた。

ニコライに従《つ》いて左へ曲がって坂道を上るとすぐに視界が開けた。

「この草原がデンデラ野です」

北側と西側を雑木《ぞうき》林《ばやし》に囲まれた尋常小学校の運動場ほどの細長い草地がひろがっている。木が一本も生えておらず、畑地を作らないのが不思議なほどである。

遠野盆地の西の山並みから涼しい風が吹き渡り、開花したばかりのススキの穂が揺れている。

キラキラとした光の波がざわざわと光る。

「ああ、これはいい」

賢治は心の底からの喜びの声を上げた。

「まばゆい銀のススキの穂が、いちめん風に波立っている……」

そんな言葉が口を衝《つ》いて出た。

「明日が十五夜ですね」

ニコライも目を細めてススキの原に見入っている。

「はい、んでも天文学的には満月は明後日《あさって》になりますね」

星や月が大好きな賢治の頭には、月齢表も入っていた。

「さすがは科学者ですね」

「いや、僕は将来は詩や小説などの創作をやっていきたいのです」

柳田に話したのと同じ言葉が口を衝いて出た。

「そりゃ、素晴らしい！　賢治サンの文学を読んでみたい」

ニコライは陽気な声で叫んだ。

――しろがねの　月にむかへば　わがまなこ　雲なきそらに　雲をうたがふ
「おお、短歌の形式ですね！」

「ええ、二年ほど前にこんな月を見て詠《よ》んだ歌です」

「雲なき空に雲を疑うですか……すごい感性ですね！」

「いやいや、まだまだ修業《しゅぎょう》しているのです」

賢治は頭を掻いた。

「ラ・ベル・リュヌ……」

つぶやきが聞こえた。それはエスペラント語ではなかった。

エルマがうっとりと夜空を見上げている。

月光に照らされた横顔が、透き通るように見える。

「エルマさんは何と言ったのですか？」

「あ、月がきれいだと……」

「フィンランド語ですか」

一瞬の沈黙があった。

「彼女はフランス語も話せるのです」

ニコライはなぜか気まずそうに目を伏せた。

盛岡高等農林時代にフランス人のプジェ司祭と親交はあったものの、賢治はボンジューとボンソワー、メルシ、オヴォワーくらいの単語しか知らなかった。

そのときである。

「うわっ」

背中を突き飛ばされ、賢治は地面に倒れ伏した。

何が起きたかわからない。

目から火花が散って、鼻に激痛が走った。

一瞬、賢治は気を失っていたようである。

我に返って起き上がった賢治は言葉を失った。

髪を振り乱した一人の大男が、右肩にエルマをかついで、足早に立ち去ってゆく。

エルマの背中が、男の胸前で揺れる白い両脚とともに遠ざかる。

少し背の低いガッチリした男がかたわらを走っていた。

二人とも白麻の単衣に身を包んでいる。

地面に膝を突いているニコライもまた暴漢に襲われたらしい。

「エルマが、エルマがっ」

逃げる二人を指さして、賢治はあごをカクカクさせて叫んだ。

「お、追いかけましょう。賢治サンっ」

ニコライも声を震わせた。

賢治たちは百メートルほど先の草原を走る暴漢たちを、懸命に追いかけ始めた。

「ポダスディチェ！（待てっ！）」

激しい声でニコライが叫んだ。

暴漢たちの逃げ足は信じられないほど速かった。

エルマの体重など、大男にとっては大した負担ではないようである。

気を失っているのか、エルマには抵抗するようすも見られない。

賢治たちと、暴漢たちの距離はどんどん離れてゆく。

両足が草原の露《つゆ》で濡れる。

息が上がって、目がチカチカする。

足もガクガクしてきた。

身体の弱い賢治には、これ以上の追跡は難しかった。

賢治はその場に立ちすくんだ。

ニコライも両手を地面に突き、苦しげに息を吐いている。

逃げる二人が立ち止まって振り返った。

賢治は息を呑《の》んだ。

真っ白な顔に金色の眼、大鼻と引き結んだ口元、黒いざんばら髪……。

「タヂカラオだ！」

蒼《あお》い月光に照らされたその姿は、昨日、丹野煉瓦に現れた神楽面《かぐらめん》の大男に違いなかった。

賢治の背筋に冷たいものが走った。

もう一人の男は顔に恵比寿《えびす》のような面を付けている。

背の低い方の男が屈んだ。

男は地面に落ちている石を拾って投げつけてきた。

「うわっ」

「げっ」

次々に飛んでくる石つぶてを避けるために、賢治たちは頭を抱えて後退せざるを得なかった。

石つぶての攻撃がやんだ。

振り返って前方を見ると、すでに暴漢たちは杉林の向こうに消えようとしていた。

「もう無理だ……」

賢治がつぶやくと、ニコライが半泣きの声で答えた。

「エルマは大切な預かり人。ワタシは切腹ものです」

「そうだったのすか」

「はい……柳田先生から彼女の身柄を任されていたのです。まさか、こんなことになるとは……」

ニコライは暗い表情で首を振った。

「エルマを担《かつ》いでいた男が、花巻でペトロフ神父を殺したヤツです」

賢治の言葉にニコライは、頭を殴られたような表情を浮かべた。

――オ面ノ男、ワタシヲ殺シニクル。教会ニハ帰レナイ。

正教会の前でイワンが口にした言葉が蘇《よみがえ》り、賢治の胸はたとえようのない不安に覆《おお》われた。

「あいつらはエルマをどうするつもりなのでしょうか……」

「心配です。なにせ、すでに神父を殺している男です」

これ以上、ニコライを不安にさせたくはなかったが、賢治には口から出る言葉を抑《おさ》えられなかった。

月光は何ごともなかったように、デンデラ野のススキ原を蒼く照らしていた。

佐々木喜善の家に戻った二人は、足をもつれさせるように土間に入った。

「やぁ、月見はどうでしたか」

二人の足音に気づいた喜善は、上《あ》がり框《がまち》のところまで出てきた。

「喜善さん、大変なことが起きてしまったのです」

「いったいどうしたのです」

「エルマさんが神楽面の大男にさらわれたのです」

「なんですって！」

喜善は短く叫んだ。

「すぐに捜索しないとならないです」

「まずは巡査に知らせましょう。足の速い村人に土淵の駐在所へ走って貰います」

喜善は式台から下りてこようとした。

「それはやめてください」

ニコライが張り詰めた声音《こわね》で、喜善の身体を押しとどめた。

喜善は信じられないと言いたげな顔で立ち止まった。

「なぜですか。一刻も早くエルマさんを探さなければならないでしょう」

喜善の言葉においかぶせるように賢治も声を励ました。

「そうですよ。あいつらはエルマさんに何をするかわかりませんよ。一刻も早く警察へ知らせましょう」

「それが……」

「ニコライさん、あなたは何を隠してるんですか」

賢治の追及にうつむいていたニコライはあきらめたように顔を上げた。

「警察が乗り出すとエルマサンの身に危険が生ずるのです」

「どういうことですか」

「こんな事態にならなければ、誰にも言えなかったのですが……」

「言って下さい。そうでなければ僕は納得できないです」

「とりあえず、部屋に入りましょう」

喜善の言葉に従って、賢治たちは居間へ戻った。

座卓を囲んで三人は座った。

「お二人を信用してお話しします」

ニコライは賢治たちを交互に見て重い口を開いた。

「誘拐された彼女は、エルマ・ラムステットではありません」

「なんですって！」

賢治は舌をもつれさせながら、言葉を継いだ。

「せ、説明してください」

「彼女の本当の名前はナターリア・パヴロヴナ・パーリィ……」

ニコライは苦しげに言葉を出した。

「どこの国の人ですか」

「ワタシのふるさとロシア帝国です」

「それで、なぜ警察に連絡してはいけないのですか」

「警察に連絡すれば、彼女は日本の政府によって拘留《こうりゅう》されるかもしれない。場合によっては、ボリシェヴィキ……現在のロシア共産党政権に引き渡されるおそれがあるのです。そうすれば、彼女の生命は危険にさらされる」

「亡命者だからですか」

ロシア革命時の亡命者を、日本政府は監視しながらも放置していた。彼女に限ってそんな危険が懸念《けねん》されるのだろうか。

帝政ロシアはすでに崩壊している。国内では共産主義者を弾圧し始めていた日本政府だが、ボリシェヴィキ政権に対する態度はあいまいな部分が多かった。ロシア情勢の変化が激しすぎて、日本政府は対応しきれていないという状況だった。ぼんやりとだが、賢治にもニコライの心配は理解できた。

このような一般的な理解とは裏腹に、陸軍はロシアで複雑な諜報活動を行っていた。

日露戦争当時には、陸軍の明石元二郎《あかしもとじろう》大佐が率いる明石機関が、ロシア各地で反政府勢力に助力して扇動を行っていた。さらに革命後は防共の観点から、陸軍特務機関が対ボリシェヴィキ工作を行うといった正反対の作戦を展開していた事実がある。

とはいえ、日本政府のボリシェヴィキ政権に対する態度が定まっていないことは事実だった。

「ただの亡命者ではありません。彼女は、彼女は……」

ニコライは思い切ったように言葉を続けた。

「彼女はロマノフ王朝の血を引く公爵令嬢《こうしやくれいじよう》、ナターリア公女なのです」

白熱灯の下でニコライの顔は青ざめていた。

「じゃ、ロシアのお姫さまなのすか……」

ニコライは力なくうなずいた。

「はい……彼女の父君パーヴェル大公はロシアの第十二代皇帝アレクサンドル二世の第六皇子です。つまりナターリア公女は十二代皇帝の孫であり、ボリシェヴィキに殺された最後の十四代皇帝ニコライ二世の従妹《いとこ》。紛《まぎ》れもなくロマノフ王朝の血を引く貴婦人なのです」

「エルマさんがそんなに身分の高い人だったとは……」

賢治と喜善は顔を見合わせた。

喜善も狐《きつね》につままれたような顔をしている。

「だから彼女はフランス語が話せるのです」

「そういえばデンデラ野で……」

月がきれいだとフランス語でつぶやいたエルマの姿を賢治は思い出した。

「ナターリア公女はゆえあってフランスで生まれ育ちました。ですが、そもそもロシア帝室の人々は必ずフランス語の教育を受けます。公女はフィンランド語はほとんど話せません」

「それでエスペラント語を使ったのすか」

うなずいたニコライは暗い顔つきに変わって言葉を続けた。

「革命のときにナターリア公女の父君、兄君は、ニコライ二世皇帝一家と一緒にボリシェヴィキに殺されました。彼女は生命からがら虎口《ここう》を逃れ、フィンランドに逃れました。ラムステット公使は自分の娘と偽《いつわ》ってフィンランドから日本へと連れてきたのです」

「そのような悲しい事情があったとは……」

痛ましさでいっぱいになって賢治の声はかすれた。

「公女という立場からして、日本の政府はエルマを拘束するでしょう。少なくとも軟禁《なんきん》状態において監視下に置きます」

「なしてですか」

ニコライはあらたまった顔になって、言葉を続けた。

「ニコライ二世が殺され、帝国が倒れてから三年弱です。ワタシの祖国ではその後もずっと、内戦が続いている。たとえばクリミア半島ではピョートル・ヴラーンゲリ将軍率《ひき》いる白ロシア軍が労農赤軍のボリシェヴィキたちに対して有利な戦いを続けています」

「我が大日本帝国陸軍もシベリアで戦っていますよね」

「ええ、日本は、イギリス帝国、アメリカ合衆国、フランス、イタリアなどとともに赤軍によって囚《とら》われたチェコ軍団を救出するという名目で出兵しました」

「僕も本当は、世界平和のためにシベリアで戦いたかったです」

父の諌止《かんし》を振り切って受けた一昨年春の徴兵検査に合格すれば、シベリア出兵に駆り出される可能性が高かった。だが、軍医は肋膜炎を理由に第二乙種合格……兵役免除条項である体格不良のために実質的には不合格と判断した。

日本男児としてものの役に立たないという烙印《らくいん》を押されたに等しい。賢治は内心で兵役不合格を深く恥じていた。

「たしかに資本主義連合軍の共産主義勢力への戦いという側面もありますが、実はロシア帝国が保有していた膨大《ぼうだい》な外資をボリシェヴィキから守るための戦いと言われています」

ニコライは複雑な顔つきで、説明を加えた。どうやら、シベリア出兵にも、一般国民にはわからない裏の事情があるようだ。

「んだども、それがエルマさんとどういう関係があるのすか」

「ナターリア公女は、皇族虐殺《ぎゃくさつ》から逃れることができた皇室の血を引くわずかな生き残りです。レーニンが率いるボリシェヴィキ政府……現在ロシア共産党政権となりましたが……彼ら労農赤軍にとって彼女は処刑台に送って民衆にさらしたい存在です」

「そんな……」

賢治の頰に冷たい汗が流れた。

「また反対に、共産主義に対抗する白軍のロシア人たちにとって、エルマは数少ないロシア帝国正統の血を引く尊い存在です。共産党政権に対抗するため戦いの精神的シンボルとして担ぎ上げたい人たちも少なくないに違いない」

「つまり、エルマさんは赤軍と白軍の両方から見て正反対の存在なのですね」

ニコライは大きくうなずいた。

「両者は、もし日本にエルマがいることを知ったら、必ず日本政府に対して身柄の引き渡しを要求してきます。そのとき、日本政府がどちらかの要求を突っぱねるという保証はどこにもありません」

ニコライは眉間《みけん》に縦じわを寄せた。

たしかに、仮に赤軍が勝利した際に、日本政府が強硬《きょうこう》な態度を取れるかは不明だった。

「赤軍に引き渡されたら、エルマさんは……」

「しかも戦いは、クリミア半島を除き圧倒的に赤軍有利に推移しています」

「白軍に引き渡されたとしても、その後で赤軍が勝てば、やはりエルマさんは危険だ……」

賢治の声はかすれた。

「その通りです。そこでラムステット公使は、フィンランドで保護したナターリア公女を日本へ伴ったのです。それは彼女にとってフィンランドも決して安全ではないという判断のためでした」

「でも、柳田先生は、なしてエルマさんを岩手県なんて遠いところまで連れてこられたのですか」

「ラムステット公使から詳しい事情を打ち明けられ、ナターリア公女の庇護《ひご》を依頼された柳田先生は、政府のある高官と協議しました。先生自身が高級官吏《かんり》だったときの部下の方です。結果として、政府内部に秘密の機関が結成されました。簡単に言うと、ロシア共産党政権に目を付けられないうちにナターリア公女をこっそり海外へ逃がそうという作戦が遂行《すいこう》されているのです」

「なるほど……それで、これからどうするつもりだったのすか」

「柳田先生がナターリア公女を東京から遠野まで連れてきてワタシと合流する。ワタシは熱を出してこちらへ来るのが一日遅れてしまったのです。さらに山を越えて大槌湾まで連れていき、合衆国へ亡命させる計画だったのです」

「アメリカへ……」

賢治は驚きを隠せなかった。

「これは日本政府の中の一部の人しか知らない作戦です。政府内にひろまれば反対する人が必ず出てくるからです。この作戦はすべてを秘密裡《ひみつり》に行わなければならないのです」

「わかる気がします」

政府内の一部勢力は、後難《こうなん》を恐れてナターリア公女を放り出そうとするかもしれない。

「わたしは柳田先生から詳しいことは聞いでなかった。ただ、エルマさんを何日か預かって欲しいと頼まれただけなんだ。まさかそんな重要人物だったとは……」

喜善はとまどいの表情を隠せないようだった。

「柳田先生は喜善さんにご迷惑を掛けたくなかったのでしょう」

「大槌湾までは山道続きですが、一日で行ける距離です。でも、ニコライさん一人ではとても無理ですよ」

喜善の不安は賢治にもよくわかった。

田舎《いなか》の山道を白人男女が歩いていればものすごく目立つに違いない。仮に夜間に限った行動としても、昼間の時間を過ごす場所探しにも苦労するだろう。

「もう一人の協力者が来ることになっています。ワタシはその協力者、もちろん日本人ですし、こういった仕事に慣れている政府関係の専門家ですが……その人が遠野に来たら、三人で出発する予定でした」

「なるほど……専門家がついていれば何とかなるべね」

喜善もうなずいた。

「それよりも時間がありません。大槌湾沖には合衆国船舶《せんぱく》が迎えにくる予定で、三日後には出港する手はずになっています。この船は待ってくれません。是が非《ぜひ》でも三日後にはナターリア公女を大槌湾まで連れていかなければならないのです」

「土淵村の人だぢに山狩りの協力をして頂くというのは無理なんだべが」

賢治の提案に喜善は力なく首を振った。

「山口集落の人間だけなら口止めもできるかもしれませんが、土淵村全体となると無理です。それ以前に、土淵村駐在所の巡査に気づかれてしまう……」

「たしかに、村の人だぢが動き出せば巡査も気づいてしまいますね」

「さらに、相手は危険な人間なのでしょう？」

「すでに花巻でペトロフ神父を殺しています」

「この山口集落の人間を危険な目に遭《あ》わせるわけにはいきません」

喜善は厳しい顔つきで言い切った。

土淵村の村会議員としての喜善の立場は賢治にも理解できた。

「ワタシはいったいどうすればよいんだ」

ニコライは頭を抱えて顔を座卓に叩きつけた。

そのとき、ふすまを開けてマツノ夫人が顔を出した。

「村の娘さんが、あなたにお話があると門口《かどぐち》まで来ておりますが……」

「こんな時間に誰が来たんだ」

「作蔵《さくぞう》さんのお孫さんです」

「なんだ。いまそれどころじゃない。明日の朝また来るようにと伝えなさい」

喜善はにべもなく手で追い返すそぶりをしたが、夫人は戸惑《とまど》いの顔で答えた。

「それが……なんでもとても大切な急ぎの用事だとかで」

「もしかして、エルマさんと関係がある話なんでないべか」

賢治の言葉に喜善は首を傾《かし》げながら夫人に言った。

「ここさ連れてきなさい」

「はい、ただいま」

うなずいて部屋から出た夫人はすぐに戻ってきた。

紺絣《こんがすり》の単衣を着た、一〇歳を少し超えたくらいのおかっぱ頭の女の子が立っている。

目の大きなその娘は、あどけないが素直で賢《かしこ》そうな顔をしていた。

（かわいい子だな）

「作蔵の孫だって？」

娘はこくんとうなずいて、おずおずと口を開いた。

「琴畑《ことばたけ》マユ。この春に尋常出た」

思っていたより歳が上だったが、年端《としは》もいかない少女であることに変わりはない。

末の妹のクニが一三歳でひとつ歳上だが、マユよりも二つ三つは上に見える。

「それで、マユ。なんの話だ」

「エルマちゃんをかついでゆく人を見だ」

予感は当たった。居間の空気に緊張が走った。

「おまえ、エルマさんを知ってるのか」

喜善は不思議そうな顔で訊いた。

「昨日から仲よしだ。エルマちゃんはやさしい人だから」

言葉が通じなくても仲よくなれるものだろうかと、賢治は思った。

「それで……エルマさんをさらった男たちはどこさ逃げた」

「われのうちは、ダンノハナの北っ側だ。井戸端で野菜洗ってたら、悪い人だちは山のほうさ走っていった」

「権現山《ごんげんやま》のほうか」

「いんや、そうでないよ。界木峠さ行く道だ」

「ああ、わかった。大槌街道だな」

「そうだ。厚楽沢沿いの道だ」

「ありがとう。教せでくれて」

喜善はもう用がないとばかりに手を振って帰そうとしたが、マユはもじもじと身体をよじらせた。

「なんだ。まだ何かあるのか」

「あたし、界木峠のあたりの山で、変な人だちがいるところを知ってる」

マユは目をぱちくりさせて答えた。

「なに？　エルマをさらった男だぢか」

「それは貴重な情報ですね！」

「マユちゃん、詳しく話してくれると嬉しいんだけどな」

三人が次々に言葉を掛けたので、マユはちょっと身を引いた。

「わがんね。んでも、変な人たちだ」

「変な人ってどういう意味なんだ」

「たぶん、ガイジンサンだ。みんな大きいし……」

賢治の胸はどくんと鳴った。

「そこさ案内できるか」

喜善の語調が厳しかったので、マユは緊張してあごを引いた。

「とにかく、そこさ行ってみるべし」

賢治が立ち上がると、ニコライと喜善も立ち上がった。

「佐々木さん、あなたはここにいてけらい。もしかすると、誰かがエルマを見つけるかもしれません。そんなときに対応して頂きたいです」

賢治の言葉に喜善は素直にうなずいた。

「わかりました。マユの祖父の作蔵はこのあたりの山にはいちばん詳しい男です。マユも山には慣れているはずです。案内人として不足はないでしょう」

「それは心強いですね」

ニコライもようやくわずかに笑みを浮かべた。

「しかし、お家の人が心配するんじゃないですか」

「大丈夫だ。じっちゃは酒飲んで寝ちまってるから、朝まで起ぎね」

「ははは、そんだな。作蔵なら放ってでも平気だべ。この子のふた親は一昨年と昨年、スペイン風邪で相次いで亡くなってしまったのです」

「それは気の毒な……」

当のマユは目をぱちくりさせて、特段に悲しそうな顔もしていない。

淡々としたさまが、苦難に耐えることに慣れているマユの暮らしを感じさせた。賢治は胸が締めつけられるように感じた。

「身内は酒飲みで里さ下りればいづも、ぼやっとした祖父だけですので、心配になったらわたしのところへ来ますよ。マユ、宮沢先生とニコライさんをしっかりご案内するんだぞ」

「わかりあんした」

「界木峠の近くだとすると、一里（四キロ）じゃきかないね」

参謀本部の地図を拡《ひろ》げながら賢治は訊いた。

「んだすな。まんつ一里半ってとこだべ」

「まぁ、それくらいの道のりならたいしたことはないですね」

ニコライの言葉にマユは小さく首を振った。

「街道はいいども、峠を越えた後の最後の道が難儀だ」

「まぁ、とにかく早く出かるべし」

賢治は地図やコンパスを入れたルックザックを背負い、井戸から汲《く》んだ水を水筒に満たした。

ニコライは喜善から借りた小型の手提げランプを持っていた。月が明るいのでいまは点していなかった。いざという時の備えであった。

マユの後に従いて賢治とニコライは夜の道を歩き始めた。

田尻《たじり》集落からしばらくゆるやかな上り道を歩くと厚楽沢沿いの大槌街道に出た。

街道とは言っても大した幅があるわけでないし、砂利道ではなく露土が目立っていた。

だが、この道はかつては代官所があった海沿いの大槌の町へと続いている。日々、魚を積んだ馬が行き交っているだけに歩きやすかった。

賢治たちは、さわさわと白く流れる厚楽沢を遡《さかのぼ》りながら街道を上っていった。林の中からユウスゲの甘い香りが漂っている。

界木峠は比較的なだらかな峠だった。

遠野と沿岸部を結ぶ峠道としては、古くからここより南側の笛吹峠《ふえふきとうげ》が知られていた。

笛吹街道は遠野の青笹から発し、橋野《はしの》、栗林《くりばやし》、鵜住居《うのすまい》を通って大槌で海に出て釜石《かまいし》に至る道であった。

柳田国男の『遠野物語』には、明治頃の笛吹峠について次の逸話を載せている。

——近年この峠を越ゆる者、山中にて必ず山男山女に出遭うより、誰もみな怖ろしがりて次第に往来も稀《まれ》になりしかば、ついに別の路を境木峠という方に開き、和山を馬次場として今は此方ばかりを越ゆるようになれり。二里以上の迂《う》路《ろ》なり。

『遠野物語』など聞いたことがない者でも、遠野郷でこの話を知らぬ住人はいなかった。

界木峠の右手には草原がひろがっている。遠くに青いシルエットを作る山は、地図によれば、六角牛山《ろっこうしやま》かとも思われる。

こんな気分のときでもなければ、草原の中を歩きまわりたい。疲れたら、草の褥《しとね》に寝っ転がって月を眺め続けていたい。そんな場所であった。

「峠を越えたら、遠野の外だね」

「へぇ。峠からあっちは橋野《はしの》村でがんす」

「マユちゃんは隣村まで行くこともあんだね」

「よその村では生《な》り物やキノコは採ってねぇです」

マユはあわてて手を振った。

「大丈夫だよ。僕はそんなこと訊いてない」

もしかすると、マユはこっそりと隣村で自然の恵みを得て、祖父との暮らしを支えているのかもしれない。

峠から三百メートルほど下ったところで、マユは立ち止まった。

右手に瀬音が響いている。

「この沢を遡るんだね」

「へぇ、高巻きの道があります。道がひどいから気いつけてくなんせ」

マユはそれだけ言うと、茂る枝をかき分けるようにして、細い道へずんずん入っていった。

猟師がつけた踏み分け道だろう。獣道《けものみち》に毛の生えたような細道だった。左右両側から背丈に近いような草が覆い被さり、足元にはところどころに木の根が露出している。

勾配《こうばい》も急で、しばらく進むと立って歩くのが困難なほどの傾斜となった。

マユは腰を落としながらもするすると谷へ下りてゆく。賢治とニコライは息を切らしながら、へっぴり腰でなんとか後を追った。

女の腕ほどもある太い蔓《つる》に捉《つか》まって崖を下ったり、岩を食《は》む激しい流れの沢を渡ったりして、賢治たちは一時間近く藪《やぶ》の中を歩き続けた。

「ここでがんす」

マユは立ち止まると、ささやき声とともに目の前の崖を指さした。

たくさんのシダの葉に覆われた洞窟《どうくつ》がぽっかりと口を開けていた。

「この中に変な男だぢがいたのかい」

賢治も小声で聞くと、マユはこくんとうなずいた。

「賢治サン、入ってみましょう」

ニコライの声は震えていた。

「行きましょう」

賢治の足もすくんでいた。この洞窟にはペトロフ司祭を殺したあのタヂカラオが潜んでいるのだ。

髪を振り乱した大男が手に大きな鎌を持って待ち構えている姿が、賢治の脳裏に浮かんだ。

しかし、どんな危険を冒《おか》してもエルマを救わなければならない。

「マユちゃんは、ここで待っていてけねぇか」

「わかりあんした」

賢治は後ろをふり返って告げると、マユは小さくうなずいた。

人の背丈の倍ほどにぽっかりと口を開けた洞窟は、とてもまがまがしく見える。

震える足を地面から剝《は》がすようにして、賢治は洞窟へと身体を入れた。

遠野に多い鍾乳洞《しょうにゅうどう》ではなく、足元は幸いにも乾いていた。

腐土の湿った匂いが鼻を衝く。

数十歩も進むと、月の光は届かなくなった。

ニコライは手提げランプにライターで火を入れた。

ホヤの中でゆらめく炎が消えぬ限りは窒息《ちっそく》する恐れもないだろう。

頼りない灯りの中で、口を閉ざしたまま、二人は洞窟の奥へとゆっくり進んでゆく。
五分ほど歩いたときである。
ニコライが叫んだ。
「な、なんだ」
びゅっと風を切る音が耳もとをかすめた。
次の瞬間。
「うわっ」
賢治は左肩に痛みを覚えた。
石つぶてが当たったのだ。
両手で頭を抱えて賢治は地面にひざまずいた。
ふたたび風を切るうなりが耳もとで響いた。
洞窟の奥へ逃げ去る足音が響いた。
攻撃者は一人らしい。
デンデラ野で石を投げてきたあの男に違いない。
つぶての攻撃はやんだ。

「賢治サン、大丈夫ですか」

目を開けると、ゆらめく炎に照らされたニコライが、眉を寄せて賢治の顔を覗き込んでいた。

驚いたことに、ニコライはあのさなかにランプを地面に置いて守ったのだ。

ランプにはつぶてが当たらなかったようである。

「はい、左肩に一発やられましたが、なんとか……」

「ワタシも腿《もも》に一発食らいました。でも、引き返すわけにはゆかないです」

ニコライは毅然《きぜん》と言い放った。

「ええ、じゅうぶんに気をつけて奥へ進みましょう」

恐る恐る進むと、すぐに洞窟は二股に分かれていた。

右の洞窟の闇から風が吹き込んでいる。かぐわしい花の匂いが賢治の鼻をくすぐった。

「ニコライさん、右に出口がありそうですね」

「ええ、行ってみましょう」

右の洞窟を進むと、目の前から蒼い月光が洞内を照らし出した。

出口がぽっかりと口を開けている。

そこは崖っぷちだった。

足元から涼しい風が吹き上げてくる。

視線を移すと、十メートルほどの落差で下方に川が流れている。

流れがとろりとした淵となっていて、瀬音は聞こえない。

「賊はここから川へ逃げたのではないでしょうか」

ニコライは川面《かわも》に視線を落としながら言った。

淵は深そうだ。この崖を飛び降りても、泳げる人間ならどうということはあるまい。

「奥へ行ってみましょう」

賢治たちは分岐点へ戻り、暗闇に身を潜めるものに気を遣いながら洞窟の奥へと進んだ。

二十メートルほどで、洞窟は行き止まりとなった。

「誰もいない……」

がらんとした空間に人の気配はなかった。

「ここに火を焚《た》いた跡がある……」

ニコライがランプをかざすと、黒く焦げた枝が積み重なっている。岩魚《いわな》か山女《やまめ》らしき骨が散らばっていた。沢で魚を獲《と》って焼いたもののようである。

「マユちゃんが言っていた通り、この洞窟に賊がいたことは間違いないですね。でも、焚き火の跡くらいで、ほかには何もありませんね……あや……」

賢治は地面に落ちていたハガキを縦に折ったくらいの小さな木片を拾い上げた。

消し炭でこすったような横文字が書き残されている。


——Glos ludu glosem Boga.

「ニコライさん、これは……何語ですか」

ランプの灯りを近づけて、横文字をしげしげと眺めていたニコライは、やがて首をひねりながら、ぼそっとつぶやいた。

「ポーランド語です……」

「どういう意味なのすか」

「《民の声は神の声》という、ポーランドのことわざです。しかし、なぜポーランド語が、こんなところに」

「賊はポーランド人ということなのすか」

「わかりません。でも、マユサンは外国の人だと言っていましたよね」

「たしかに……。でも、ポーランドは大変に遠い国ですよね」

「ええ……でも。シベリアや樺太にはかなりの数のポーランド人がいます」

「じゃ！　本当ですか」

「ええ。ロシアの帝政が倒れる前、流刑《るけい》にあった人たちです」

「そんな遠くまで……」

「ナポレオン没落後のウィーン体制下で立国されたポーランド立憲王国は、実質的にはロシア帝国の専制的な支配下にありました。当然のように民族独立運動が起きましたが、ロシア帝国はこれを徹底的に弾圧しました。ポーランド独立主義者たちの多くは極東《きよくとう》のシベリアや樺太に流刑の憂き目《うめ》に遭ったのです」

「樺太ということは、我が領土にもポーランド人がいるということですか」

「その通りです。しかし、それにしてもわかりません」

「ポーランド人がこんな遠野の山奥にいることがですか?」

「ええ……。でも、もっとわからないのは、賊がロシア人ではなく、ポーランド人だということです」

「ワタシは、賊はロシア人のボリシェヴィキだと思っていました。マユサンが外国人と言っていた時点でそう確信しました。タヂカラオはペトロフ神父を殺しました。その理由は前に話しましたね」

「拳銃を隠し持っていた神父はロシア帝国の間諜《かんちょう》だったんじゃないかというお話ですよね。つまり、白軍側だった神父がロシア赤軍の手の者に殺されたということですか」

「というと、つまり?」

「はい。だからタヂカラオをはじめナターリア公女をさらった賊もロシア赤軍側の人間だと考えていました。ところが、ここにポーランド語が残されていた」

「赤軍に協力しているポーランド人なのではないですか」

「考えられない。ボリシェヴィキはたくさんのポーランド人を虐待《ぎゃくたい》し殺しました。シベリアや樺太にいる極東のポーランド人たちは、自分たちやその祖先を流刑にしたロシア帝国以上に、ボリシェヴィキを憎んでいるはずです」

激しいニコライの声が洞窟に響いた。

「ニコライさんはやはりロシア帝国側の人なのですか」

賢治の問いにニコライはしばらく黙っていたが、やがてゆっくりと口を開いた。

「ワタシは一九一五年にロシア帝国の予算で留学生としてこの国に来ました。ですが、故国を出る船に乗ったときに、憧れの日本へ渡る喜びとともに、汚濁《おだく》にまみれた国から逃れる安堵《あんど》を感じていたのです」

「帝政ロシアもいい国じゃなかったんだすな」

「ペテルブルクでも役人の腐敗や専横、国民の窮乏を嫌というほど見てきました。役人に何かを頼むときに多額の賄賂《わいろ》は当然の話でした。頼まなくとも平穏に過ごしたければ袖の下を使わねばなりません。警察官すら買収しなければならないありさまです。優秀な者、金儲けをしている者などは、嫉妬《しっと》中傷され、罪をなすりつけられて断罪されるのです。町の人は飢えに苦しみ、一斤の黒パンを得るために食料品店前に長蛇《ちょうだ》の列ができている光景が日常でした」

「ひどいすな。我が国では聞かない話ばかりです」

「そうですとも。日本の役人にはそんな人は見ません。警察官もまじめです。一九一七年に二月革命が起きて帝政が崩壊したときに、ペテルブルクにいた友人の日本学者エリセーエフが歓喜《よろこ》びの手紙を送ってきました。このときには小躍りしたほどでした」

「なら、なして……」

賢治の問いかけに、ニコライは暗い顔で首を振った。

「ところが、ボリシェヴィキは、我々ロシアの研究者たちの期待を裏切っていったのです。圧政、虐殺、弾圧……いまのワタシは帝国側の人間でも共産主義政権を支持する者でもない。ただ、我が祖国の民の幸福を願うだけのロシア人です」

故国の戦火が収まらない悲しみに加えて、国民を幸福にできる為政者《いせいしゃ》が現れないニコライの苦しみは賢治にもよく伝わってきた。

「だからこそ、ニコライさんはエルマさんを自由の国アメリカへと逃れさせたいのですね」

「その通りです。革命で父親や兄を殺された彼女は、これ以上、ロシアの内乱に苦しめられる必要はない」

「よくわかりました。僕もまったく同じ気持ちです」

賢治は自分の胸の内にも熱いものがこみ上げてくるのを感じた。

「もし、エルマサンをさらったのがポーランド人だとすれば、ただちに生命の危険はないかもしれない。しかし、そうだとしても、早く奪還しなければ合衆国からの迎えの船に間に合わない」

「あと二日とちょっと……三十日でしたね」

「そうです。三十日の夕方には大槌湾の沖合に来る予定になっています。諸般の事情で、待ってはくれません。この機会を逃せば、エルマサンは二度と合衆国へ逃げられなくなってしまいます。……どうすればよいのか」

「とりあえず、帰って喜善さんさ相談してみましょう」

ニコライは力なくうなずいた。

ポーランド語が書き残された木片を大切にポケットにしまうと、賢治は出口へ向かって歩き始めた。

外へ出るとマユが駈け寄ってきた。

「エルマちゃんはなじょした」

「見つからなかった。洞窟の中には賊がいたんだ。だが、逃げてしまった」

「そうだすか」

細い肩を落とすマユを見て、賢治はこんないたいけな少女を案内に頼んだことを反省していた。

あるいは、マユにも危険が及ぶ恐れがあったのだ。

賢治たちは往路以上に悪戦苦闘しながら細道をよじ登った。希望が断たれたいま、険しい山道を辿《たど》る苦労は賢治の身にはこたえた。

田尻集落の手前でマユと別れ、喜善宅に戻った頃には、東空は白み始め、界木峠付近の稜線《りょうせん》が青い影を浮き上がらせていた。

「見つからなかったのですね」

賢治たちの冴《さ》えない顔色を見て、喜善はすぐに事情を察した。

「明日、山口集落の人だぢに頼んで、その洞窟近くを山狩りしてもらうべし」

「お願いします。あと二日ちょっとのうちにエルマさんを大槌湾に連れていかねばならないのです」

「だども、集落の人を危険にさらしてしまうかもしれない」

喜善は苦渋《くじゅう》に満ちた顔で口をへの字に結んだ。

賢治はそのまま喜善宅に泊まった。

板の間にごろ寝をしたが、身も心も疲れ切っていた賢治はなんとか眠ることができた。

【2】

ざわめく人々の声で賢治は目を覚ました。障子を通して明るい陽ざしが板の間に降り注いでいた。部屋の中には誰もおらず、賢治はあわてて表へ出た。

戸口の前には、山口集落の屈強な男たちが五人ほど集められていた。

喜善の家の戸口前に集まって手に手に棍棒《こんぼう》を持っている男たちは、賢治の顔を見ると、一様《いちよう》に頭を下げた。

「山口の今弁慶《いまべんけい》や今熊谷《いまくまがい》たちです。これで刈り入れの時期なら一人も集まらないべども、幸いにも今日一日だけ野《の》良《ら》仕事を休んで貰うことができました」

「それはよかったなす」

「宮沢さんはお仕事もあるでしょうから、栃内に戻って下さい」

喜善はきっぱりと言った。

「しかし……」

「そもそも、これはワタシの責任なのです……すべてはワタシの」

かたわらに立っていたニコライは低い声でつぶやいた。

「そんなことはありませんよ。ニコライさんのせいでない。タヂカラオがエルマさんを狙うなどと誰が考えたでしょう」

賢治は、重い心を抱えて栃内集落の丹野煉瓦に戻った。

丹野社長には、山口集落で起きた事件については何も告げずに、仕事に出た。

その日一日は、昨日よりさらに上流の厚楽沢の岸辺で土質調査を続けた。月光を受けたエルマの顔が脳裏にちらついて離れなかったためでもあるまいが、今日も成果は得られなかった。

「明日は別の沢を探してみるべ……」

シャベル片手に独りごちたが、心のなかではエルマのことを考えていた。

午後四時頃には調査を切り上げ、気もそぞろに賢治は喜善宅に向かった。

濡れ縁に腰を下ろしているニコライの悄然《しょうぜん》とした表情を見て、事態が好転していないことを悟《さと》った。

「見つからなかったのですね」

「ええ、集落の方々はずいぶんと熱心に探してくれたのですが……」

「喜善さんは中ですか」

「いいえ、村の寄り合いで出かけてます」

ニコライは浮かない顔で答えた。

「ワタシはいったいどうすればいいんだ」

ニコライは頭を抱えて嘆息《たんそく》した。

そのときだった。

「佐々木喜善さんのお宅はこちらですね……」

中音の耳あたりよい声が聞こえた。

筋肉質の長身の男が西陽を背にして立っている。

男の鼻筋の通った顔を見て、賢治は驚きの声を上げた。

「雪本さん。雪本さんじゃないですかっ」

一昨日の昼過ぎに遠野駅で別れた岩北日報の雪本記者だった。片手には相変わらず、ハトの入った鳥かごを提げている。

雪本は瞬間けげんに眉をひそめたが、すぐに明るい顔に戻って訊いた。

「ああ、宮沢さん。あなたはどうしてここに？」

言葉とは違って、雪本の顔にはすでに疑念の色は浮かんでいなかった。

「僕は喜善さんとはかねてよりの知り合いだったのです」

詳しいことを話そうとしたが、ひと言だけで雪本は納得顔となった。

「ははぁ、なるほど。そういうことでしたか」

「それこそ雪本さんは、水力電気会社の取材で遠野に来たんじゃないんですか」

「はい。取材は済ませました。ですが、次の任務があってここへ来ました」

「任務……」

「実はわたしは政府の意向を受けて動いているのです」

「はぁ……つまりその……エルマさんの……」

賢治の質問をさえぎって、後ろからニコライが勢いよく前に出た。

「アナタが協力者なんですね。ニコライ・ネフスキーです」

ニコライが差し出した片手を雪本はしっかりと握《にぎ》った。

「初めまして。雪本弦三郎です」

「こういったことの専門家と聞いています」

「はい。わたしは遠野から大槌湾までナターリア公女をお送りする任務を果たすためにここへ来ました。昨日と今日でそのための準備もしてきた。ほら、すっかり登山の格好でしょう？」

雪本はおどけたように肩を回して見せた。

スポーツジャケットに、ニッカボッカ、パナマ帽を被って長いステッキを持っている。大きな革カバンの代わりに、背中に帆布《はんぷ》製のルックザックを背負っていた。

いったいいつの間にどこで調達したものか。少なくとも遠野にはこんな洒落《しゃれ》た服は売っておるまい。

雪本は濡れ縁にルックザックと鳥かごを下ろした。

「彼女に早く会いたいです」

ちょっと意気込んで言う雪本に、賢治とニコライは顔を見合わせざるを得なかった。

「ナターリア公女は、怪しい連中に誘拐されてしまったのす」

「なんですって！」

雪本はのけぞって叫んだ。

「実は昨夜、この近くのデンデラ野に月見に行ったのです……」

昨夜のデンデラ野でタヂカラオの面を掛けた大男たちがエルマをさらった話から始めて洞窟で怪しい人影に投石されたままでの経緯を、賢治は事細かに話した。

「数日前に上部組織からナターリア公女の国外脱出を徹底支援せよとの命令がくだりましてね。しかし、この作戦を妨害する勢力があるという情報は入っていませんでした。いったい、何者なんだろう」

雪本が、もっとも激しい反応を見せたのは、洞窟内に落ちていた木片に書き残されたメッセージを目にしたときだった。

「それはポーランド語なんですね！　さらに《民の声は神の声》ということわざで間違いないのですか」

雪本は眉間に深い縦じわを寄せて目を光らせた。

「はい。間違いありません」

きっぱりと断言するニコライに、雪本はしつこく問いを重ねた。

「あなたが多くの言語に通じていることは伺《うかが》っています。もう一度、その言葉を教えてもらえませんか」

「あ、実物を持っています」

賢治は洞窟からひろってきた木片をズボンの尻ポケットから出した。

――Glos ludu glosem Boga.

「ludu は人々という意味です。Boga はキリスト世界における神を指します」

ニコライの言葉に、雪本は硬い表情でうなずいた。どうやらポーランド語を解していいるようだった。

「うーん……まさか……」

雪本は腕組みをしたまま考え込んでしまった。

「雪本さん、あなたにはこの言葉の意味するものがわかるのですか。エルマ、いやナターリア公女をさらった賊の正体がわかるのですか」

賢治は食って掛かった。

続けて雪本の口から出た言葉は、あまりにも意外なものだった。

「宮沢さん、あなたはどの系統の指示で、今回の作戦に参加しているのですか」

「いや、エルマさんを大槌に連れてゆく話なら、ニコライさんとは違って、僕はもともと何の関係もないのです。喜善さんのお宅に伺ったら、偶然お知り合いになっただけで……」

「いまさら隠さなくったっていいでしょう」

あごに手をやって雪本はちょっと笑いを浮かべながら答えを返した。

「何を隠すって言うんですか」

「あなたの所属です」

「僕は花巻の商家の息子です。どこの組織にも所属していません」

賢治の言葉を雪本はまるで信じていないように見えた。

「では、なぜ、ペトロフ神父殺害の現場にいたのですか」

「ご存じではないですか。あなたと一緒に神父からロシア語を習っていたんじゃありませんか」

「あのとき我々は、いったん聖堂の外へ出た。ところが、あなたは絶妙なタイミングで堂内に戻りましたよね？」

その偶然のため、巡査に勾引されたのだ。

「神父さまにお借りしたカンディンスキーの詩画集をお返しするのを忘れたのです。返す期限だったのです」

雪本は納得するどころか、とんでもないことを言い出した。

「聖堂内からシャンデリアが落ちる音と神父の悲鳴が聞こえたとき、わたしは最初、宮沢さんの仕業《しわざ》だと思っていました。あなたはボリシェヴィキ側の人間だと考えていたのです」

「なにを言ってるのすか！」

賢治の声は裏返った。

「ところが、予想もしなかったあのタヂカラオの大男が飛び出してきた。あなたが同腹の一味なら一緒に逃げ出すはず。だが、宮沢さんは聖堂内に留まった」

「タヂカラオが逃げるところを見ていたのですか」

「はい、宮沢さんが忘れものを口実に聖堂に戻ったのが不審でしたのでね」

「なら、なして僕が警察に捕まったときに、助けてくれなかったんですか。巡査にそのことを言って下されば、僕の疑いは晴れたのに」

「あの場で騒ぐわけにはいかないでしょう。作戦について花巻警察署の巡査などに告げるわけにはいかない。それに、結果的に助けたではないですか」

「あ、雪本さんが牢屋から出してくれたのすか」

「上層部に掛け合うのに少し時間を要してしまいましたが」

「知りませんでした。感謝します。でも、なして?」

「同志だからではないですか」

「はぁ?」

「あなたもわたしと同じようにペトロフ神父を監視していたのでしょう? 神父が殺されたときに堂内に留まったのも何か情報源を探していたのではないですか」

雪本が口にする言葉は何から何まで勘違いに満ちている。

「いや、僕はただロシア語を習っていただけです」

「わたしが東京でずっとロシア語を学び続けてきたのもロシア人と接触するためです。あなただって目的もなしにロシア語を習っていたはずはないでしょう。宮沢さん。いい加減、もう正体を明かしてくださいよ」

「雪本さん、あなたがなにを言っているのか僕にはまったくわかりません」

賢治の言葉を聞いた雪本は、姿勢を正して告げた。

「これは失礼。自分から名乗るべきでしたね。わたし雪本弦三郎は、陸軍の特務機関に所属する情報将校です」

「じゃ！　そうだったのすか！」

雪本のスマートなやわらかい物腰はとても軍人には見えない。情報将校とはこういうものなのだろうか。

「はい、一年前からある任務のために岩北日報の記者と称して花巻に住んでおりました。前に推察という形でお話ししましたが、ペトロフ神父が軍人ということは事実です」

「そんな機密事項を僕なんかに話して大丈夫なのすか」

「心配ご無用。ペトロフ神父が殺されたいま、こんなことは機密でも何でもなくなりました。彼はすでに一次大戦前からロシア帝国のスパイとして、花巻に潜入していたのです」

「ペトロフ神父も革命のためにロシアへ帰れなくなった人だったのですね」

ニコライは感慨深げに鼻から息を吐いた。

「そういうわけです。わたしの花巻駐在任務のひとつはペトロフ神父の監視でした。彼が白軍側の人間である以上、接触してくる白軍側の人間もいる。また、逆に彼の生命を脅かそうとする赤軍側の者もいるかもしれない」

「それで、ロシア語を習いにきてだのですね」

「そうです。彼がなぜ花巻などという田舎……あ、失礼」

雪本は照れ笑いを浮かべた。賢治の知っているあらゆる軍人に見られない表情だった。

「いや、実際に田舎ですから気にしないで下さい」

雪本は笑いながら言葉を続けた。

「花巻などという地方都市に神父として滞在していたか。その理由を調査する必要があったのです。ところが調査が終わらないうちに神父は何者かに殺されてしまいました。問題は神父を殺した者の正体です」

「タヂカラオのことですね」

「ええ。たったいままで、彼を殺したタヂカラオはボリシェヴィキ側のスパイだと思っていました。ところが、思いもしなかったポーランド語が出てきた」

「あの木片がそんなに重要なのすか」

「洞窟内に潜んでいた者がもし、タヂカラオかその一味だとすると、事態は百八十度変わってきます」

「ワタシも同じ考えを持っていました。ポーランド人は白軍以上に赤軍を憎んでいるはずです」

ニコライは洞窟の中で話したのと同じ主張を繰り返した。

「やはり、ニコライさんもそう考えますか。白軍側のペトロフ神父をなぜ、ポーランド・シベリア義勇軍の残党が殺さなければならないのか」

「ええっ、ポーランド・シベリア義勇軍というものがあるのですか」

「いや、あったと言うべきかもしれません。ロシア革命を機に祖国を取り戻そうという大義のもと、チューマ司令官がシベリア流刑者のポーランド人を中心に約二千人の義勇軍を結成しました」

「まったく知りませんでした」

「彼らはシベリアで反革命政権を樹立したロシアのアレクサンドル・コルチャーク提督の白軍とともに戦っていました。しかし、シベリアの白軍は今年に入って赤軍に敗北しコルチャーク提督も処刑されました。すでにポーランド・シベリア義勇軍は滅亡したのです」

「なして、タヂカラオたちがポーランド・シベリア義勇軍の残党だと考えるのですか」

「あの《民の声は神の声》という言葉は、義勇軍の一部将校たちがテーゼとして用いていたものなのです。だが、彼らが神父を殺した以上に謎なのは、シベリアからこの岩手県の山中にどうやってやってきたのかなのです」

「たしかに……三陸の浜からやってきたのでしょうか……」

「ふつうに考えれば、日本海側に上陸するはずです。やはり、そうなのか……」

「え、なんですか？」

賢治が問いただしたときに、小さい影が走り寄ってきた。

「おばんでがんす。エルマちゃんはまだ見つからないのけ」

琴畑マユだった。

不安げにうるんでいる瞳を見て、賢治は気の毒でたまらなくなった。

「見つからない。でもね、マユちゃん、エルマさんの身に危険はないと思うんだ」

「なじょして？」

「さらった連中はエルマさんの敵じゃないらしいことがわかってきた」

「ほんとだすか」

「ああ、ほんとだよ。だからそんなに心配しなくていいんだ」

賢治自身の願いだった。

「このお嬢さんは？」

「琴畑マユちゃんといって、エルマさんのお友だちです。山に詳しく、昨夜も例の洞窟さ僕たちを案内してくれたのです」

「そりゃあ頼もしい。ね、マユちゃん、教えて欲しいんだけど、ここから一里四方くらいで、昨日の洞窟に近くて、誰かと待ち合わせるのによい場所はないかな？　目立つ建物などがあればいいんだ。それほど道が悪くなくて、あんまり人《ひと》気《け》がない場所だといいのだけれど」

「大槌街道は夜はあまり人が通らねぇけど。ほんのたまに、海から遠野へ魚を運ぶ馬子《まご》が通るくれぇだ」

雪本の突然の問いに、マユは空を見上げてちょっと考えていたが、やがてきっぱりと言った。

「彼らは洞窟さ戻っているのではないですか。あそこが根拠地ではないのですか」

賢治の問いかけに、雪本は首を振ってきっぱりと否定した。

「わたしはその洞窟は、この土淵村に降りてくるための拠点として使っているのだと思います」

「なしてそう考えるのですか」

「夜具や生活必需品などはありましたか？」

「ああ、そういえば何もなかったです」

気づかない方がどうかしていたかもしれない。

「洞窟は、峠からの下り道が大変で時間が掛かりそうだ。もう少し楽な場所のほうがいいな」

「それなら、界木峠を下って、ちょこっと森に入ったとこにある不動堂だべ」

「その不動堂まではどのくらいで行き着けるかな」

「一時間少しで行ける」

「ありがとう。案内してもらえるかな」

マユはこくんとうなずいた。

「この子が危ない目に遭うようなことはないんでしょうね」

賢治の憂慮《ゆうりょ》に雪本はルックザックを下ろしながら答えた。

「大丈夫です。わたしに考えがあります」

雪本はルックザックから帳面と銀色に光る万年筆を取り出した。

さらさらと横文字を連ねている。

もちろん、賢治にはさっぱりわからない。

「雪本さん、それは何語ですか」

「ポーランド語です。ロシア駐在武官付としてペテルブルクにいた頃に、ほんの少しだけ覚えました……ニコライさん、ちょっと確認して下さいませんか」

雪本は帳面の一ページをびりっと破ってニコライに渡した。

「ええ、喜んで……」

ニコライは受けとった紙片に見入ると、日本語で内容を読み上げた。

——ポーランド・シベリア義勇軍の勇敢な諸君へ
本職には、あなた方を食糧・燃料等の側面からじゅうぶんに支援する準備がある。今夜、十九時に洞窟近くの界木峠下にある小さな聖堂でお待ちしている。ぜひともお越し頂きたい。これは我が大日本帝国政府の意思である。
大日本帝国陸軍少佐　雪本弦三郎

「わたしのポーランド語は大丈夫でしょうか。ニコライさん」

「ええ、完璧です。でも、界木峠という言葉はわからないでしょう」

「そうですね……マユちゃん。ここに洞窟と界木峠、それから不動堂の簡単な地図を描いてくれないかな」

雪本は帳面と万年筆をマユに差し出した。

こくんとうなずくと、マユは両の眉を寄せて懸命に万年筆を走らせた。

「ああ、これはわかりやすい。ありがとう。マユちゃん」

マユの頭を撫《な》でると、雪本は帳面から破った紙片に地図を転写した。

「雪本さんは陸軍少佐なのすか……少佐というと大隊長すな」

賢治はさっきから訊きたかったことを口にした。

たとえば、盛岡の第二十三連隊に所属していれば、五百人規模の将兵からなる大隊を率いる階級である。

「いや、わたしは情報畑中心に来たので、参謀本部勤務や大使館武官付の時期が多く、大隊長の経験はありません」

鷹揚《おうよう》に手を振ると、雪本は紙片を細く折りたたんだ。

「さて、これはある意味賭けだが勝つ自信はある」

雪本は珍しく強い口調で言うと、濡れ縁から鳥かごを手に取った。

蓋《ふた》を開けても逃げないハトを、両手でつかむと足輪を外した。アルミでできたそれは通信筒だった。

「伝書鳩だったのすか」

「ええ、実はこの鳥かごはペトロフ神父の司祭館に置かれていたものです。わたしの推論が正しければ、山中に潜伏しているポーランド・シベリア義勇軍との連絡に使っていたものです」

通信筒に畳んだ紙片を入れながら雪本は答えた。

「しかし、彼らは神父を殺したのではないですか」

「その点についてては、まだまったく謎が解けていません。ですが、神父の残したポーランド語の通信文がありました。ハトの足輪から出てきたものですが、それはある日時に橋野村の拠点まで人夫によって荷物を上げるので、取りにこいという内容のものでした」

「あ、もしかすると、あの洞窟が……」

「断言はできませんが、荷揚げ拠点である可能性はきわめて高いです。さらにハトの回収も人夫にやらせていたのかもしれません。いずれにせよ、時間差をつけて日本人との直接の接触は避けたはずでしょう」

「つまり、ポーランド・シベリア義勇軍への補給は、ペトロフ神父が行っていたということなのですね」

ニコライは両手を開いて驚きのそぶりを見せた。

「ええ、軍隊で言う輜重《しちょう》……つまり後方支援ですね。その役割を担う者がいなければ、彼らが山中でいつまでも暮らせるはずがない。だから、このハトは彼らのアジトへ飛んでいくはずです」

「アジトとはどういう意味ですか」

ニコライは知らないようだったが、賢治にも初耳だった。

「これは失礼。英語のアジテーティング・ポイントの略で、社会主義者たちが潜伏する隠れ家を指す言葉として最近使われ始めました」

「雪本サン、このハトがうまくアジトまで飛んでくれるといいですね」

「成功率七割五分とみています。まずうまくいきますよ」

自信たっぷりに答えると、雪本はハトを両手から放した。

「日が暮れる前に間に合ってよかった」

羽音を立てながらハトは空高く舞い上がっていく。

道の反対側にひろがる稲田の上空を真っ直ぐに飛び、北側の低い山並みを目指す。

賢治たちの期待を込めた使者は、斜光線を浴びながら空に美しい曲線を描いて飛び去った。

「伝書鳩は最長で千キロは飛べますし、時速は四十キロ以上出ます」

「急行列車並みですね」

花巻から遠野へ来た岩手軽便鉄道は、時速十五キロくらいだった。

「仮にアジトがここから十キロ以上離れていても、二十分くらいで到着するはずです。あとは、彼らがわたしの申し出を信用してくれるかどうかですが……」

「勝算がありそうな顔をなさっていますね」

「彼らは何らかの理由でペトロフ神父を殺したことにより、補給が断たれたわけです。食糧事情が悪化しているか、少なくとも将来への懸念から手持ちの食糧を節約しているはずです。洞窟に魚の骨が残っていたのもその現れかもしれません」

「とりあえず、沢で魚を獲って食いつなごうとしたのですね」

「その可能性はあります。食糧を供給しようというわたしの申し出を簡単に断るとは考えにくいのです。きっと様子見に斥候《せっこう》（偵察兵）を出してきますよ」

「食糧はどうするのですか」

「すべては彼らと会ってからの話です。いざとなれば何とでもなる」

マツノ夫人が障子を開けて顔を出した。

「皆さん、夕飯代わりにひっつめを作りましたよ」

「あ、奥さん、どうも」

雪本は帽子を取って丁寧《ていねい》に頭を下げた。

「あの……こちらさまは……」

夫人はけげんな顔で雪本の端整《たんせい》な顔を見つめた。

「失礼しました。雪本と申します。ニコライくんの仲間です」

「今夜、一緒にエルマさんを探してくれる方です」

ニコライも調子を合わせた。

「主人は遅くなりそうで、ごあいさつができずおもさげありません。さ、さ、皆さま上がってけらい。マユちゃんもどうぞ」

夫人の言葉に誘われて、賢治たちは戸口へまわった。

ひっつめとは、練った小麦粉をだし汁で煮込んだすいとんに近い料理で、花巻でも作る。マツノ夫人のひっつめはだし汁のさっぱりした甘さと適度な脂《あぶら》っこさが絶品だった。

「だし汁が美味《うま》いです」

「遠野では鶏肉でだしをとるんです」

「花巻ではかつお節ですね。こっちのほうが美味いです」

「嬉しいですわ。喜んで頂けて」

ニコライも雪本もハフハフ息を吐きながら、ひっつめを楽しんでいる。

「かねなりもたくさん焼きましたから、ゆっくり食べて下さい」

夫人はにこやかに笑って去った。

かねなりは、うるち米の粉を練って炭火で焼き、くるみ醬油で味を付けた焼き餅であった。こちらは花巻では作らない。

「かねなりとはどういう意味なのだろう」

賢治が何の気なしにつぶやくと、ニコライはかねなりに箸《はし》を伸ばしながら即答した。

「小判形に作るところから、金が成る……かねなりと呼ぶらしいです」

「さすがは言語学者ですね」

かねなりを頬張りながら雪本が感心した声を出すと、ニコライは照れながら答えた。

「いや、遠野の言葉を知りたかっただけです」

マユは黙々とひっつめを食べ続けていた。


【3】


夕飯をごちそうになってすぐ、エルマ捜索隊は山口集落を後にして大槌街道を界木峠へと上っていった。

山道に慣れたマユは、時々立ち止まっては賢治たちを待たなければならなかった。

雪本だけは少しも遅れることがない。さすがに軍人の身体の鍛《きた》え方は違うと賢治は思った。

夕陽を浴びながら界木峠を越え、街道は橋野村へと下り始めた。

洞窟へ続く細道との分岐点を過ぎ、渓流《けいりゅう》を右に見て一キロほど下ると、マユは立ち止まった。

「ここだ」

マユが指さす対岸には粗末な木橋を隔《へだ》ててワラ葺《ぶ》きの辻堂が建てられていた。

賢治たちは木橋を渡って不動堂へと歩み寄っていった。

吹けば飛ぶような掘っ立て小屋の不動堂だった。だが、大槌街道が山に入ってから、初めて見る建物である。なるほど目印としてはふさわしい。

山峡の空は茜《あかね》から紫へと色合いを変えてゆき、六時を過ぎた頃には陽が暮れ落ちた。

すでに中空に上がった十五夜月が、渓流を照らしている。

不動堂のワラ葺き屋根に降りた露が月光を受けて輝く。

賢治たちは不動堂の濡れ縁に腰を掛けて来訪者を待った。

「ニコライさんは柳田国男先生の指揮下にある。つまり内閣の中枢《ちゅうすう》からの指示で動いておられる」

雪本が口火を切った。

「はい。ワタシは柳田先生とともに、彼女を自由の国に逃がしたいのです。この国にいれば、公女の身は著《いちじる》しく危険です」

「ナターリア公女は赤軍にも白軍にもとられたくない。赤軍にとられれば、直《ただ》ちに生命の危険に陥《おちい》る。いったんアメリカへ逃がし、身の安全を確保するのが最良策だ。さらに、世界中に亡命した白系ロシア人の精神的中核として彼女を神輿《みこし》に乗せ、対共産主義のシンボルとする。もしかすると、ナターリア公女を奉戴《ほうたい》した新国家さえ形成できるかもしれない」

「重要人物なのですね。彼女は」

あのか細い少女のイメージとどうしても重ならない。

「ナターリア公女は、世界的な意味で防共の砦《とりで》となり得る存在です。ところが、我が政府も軍部もこのことが少しもわかっていない。わかっているのは、ほんのひと握りの世界的視野を持つ人間だけです。柳田先生もそのお一人だ……そのことにご理解がないとは、やはり宮沢さんは柳田指揮下のグループではないのですね？」

「何度も繰り返しますが、僕は誰の指示も命令も受けていません」

「ペトロフ神父の死の現場に立ち会い、タヂカラオの面を掛けた男と同じように花巻から遠野へと移動している。さらにはエルマの失踪の現場にもあなたがいた。それが偶然だというのですか」

「そうです。まったくの偶然です」

雪本の顔から笑いが消えた。

「いい加減、とぼけないでください」

「とぼけてなんていません」

ニコライはあっけにとられたように交互に二人を見ている。

雪本は賢治の顔をしばらく見つめていたが、急に何かに気づいたようにハッとした顔をした。

「ああ、これはわたしの勘違いだったか。あなたはB作戦のほうの関係者ですか。で、所属は内務省ですか、それとも外務省なんですか？」

「お願いです。雪本さん、僕はBだの内務省だの外務省だの、何のことかさっぱりわかりません」

賢治の訴えに、雪本はけげんな表情で首を振った。

「話を整理しましょう。わたしは本来は陸軍某機関の指揮でB作戦を遂行するために花巻に駐在していました。殺されたペトロフ神父の監視もその一環です。そこへ急きょナターリア公女国外退去作戦の命令、N作戦が下されたのです」

「B作戦とは何ですか」

賢治は真剣に尋ねたが、雪本は問いには答えずに表情を硬くして木橋へ視線を移した。

「来た……」

大柄な影がゆっくりと木橋を渡ってくる。

月光を背に受けて近づく人影は、髪を振り乱し白い面を掛けている。

タヂカラオだ。

賢治は息を呑んだ。

右手には小型のリボルバー拳銃が握られている。

だが、雪本は両手を挙げると立ち上がり、タヂカラオへと歩み寄った。

両者の距離は三メートルほどだろう。

雪本は、賢治が意味を理解できない言葉で呼びかけた。

タヂカラオが短く答えた。

初めて聞くその声は、体格にふさわしく低く堂々としたものだった。

雪本が言葉を重ねた。

タヂカラオが答える。

首だけふり返った雪本は賢治たちに向かって静かに言った。

「彼は間違いなくポーランド・シベリア義勇軍の一員です」

「やはりそうだったのすか」

「おお！　それは！」

賢治とニコライの喜びの声が響いた。ボリシェヴィキでないことは幸運に違いない。

「仲間に会話の内容を知ってもらいたいと申し出たらＯＫが出ました。ニコライさん、宮沢さんにもわかるように通訳して下さい」

「わかりました」

ニコライの緊張した声音《こわね》が響いた。

タヂカラオは面を外した。

大きな鷲鼻《わしばな》を持ったいかつい顔の中で灰色の瞳が光っている。

豊かな口ひげとあごひげをたくわえている。
外国人の歳はわかりにくいが、四〇歳前後か。
凶暴な男には見えない。
むしろ沈着《ちんちゃく》で頼もしい容貌《ようぼう》だった。
《ここへ来て下さったことに感謝する》
雪本が右手を差し出すと、タヂカラオは短く叫び、拳銃を構え直した。
《本当に日本政府と陸軍は我々に補給をしてくれるのか》
男の低い声が響いた。
《もちろんだ。我々はあなた方の味方だ。日本政府が共産主義を危険な存在と考えていることは知っているだろう》
《知っている》
《食糧や燃料の補給にも助力するが、さらにあなた方を国外へ逃がしたい。たとえばアメリカ合衆国は歓迎する意向を見せている》
《本当の話か》
《嘘《うそ》を言っても何の得にもならない……この遠野に滞在していたあなたはご存じないはずだが、日本国はすでにシベリア在住のポーランド人の救済を開始した》

《おお、詳しく話してくれ》
男の声は明るい響きを帯びた。
《この六月のことだ。ウラジオストク在住のポーランド人によって組織されたポーランド救済委員会会長のアンナ・ビエルキエヴィッチ女史が来日した。女史は我が外務省に対して飢餓《きが》と貧困に苦しむシベリア在住の戦災孤児たちの救済を要請した。わずか十七日後には日本赤十字社が孤児救済を決定したのだ。七月下旬には第一陣の孤児五十六名がウラジオストクから敦賀《つるが》経由で来日し、いまは渋谷《しぶや》にある施設で生活を始めた。すでに第二陣も日本へ向かっている。我々はあなた方の味方だ》
《ありがたい……わたしは日本人に感謝しなければならない……》
灰色の瞳がうるんだように感じられた。
だが、相変わらず拳銃の筒先は雪本に向けられている。
《貴官の官姓名を伺《うかが》いたい》
《ユゼフ・ムニーシェフ軍曹《ぐんそう》だ》
《よろしく、ムニーシェフ軍曹》
ふたたび雪本は右手を差し出した。

ムニーシェフ軍曹が短く叫んだ。
後ろへ飛び退《の》き、腰を落として拳銃を構え直した。
だが、雪本はゆっくりと両手を挙げ、静かに呼びかけた。
《わたしはあなたがたの支援に生命を懸けている》
軍曹はしばらく黙って雪本の顔を見ていた。
《少佐、あなたは信用できそうだ……》
拳銃をおろして着物の帯に挟むと、軍曹は背筋を伸ばして挙手の礼を雪本に送った。
雪本も姿勢を正し、丁寧に挙手の礼を返した。
《感謝する。ところで軍曹、補給の前提として、お願いがある》
《なんだね、少佐殿?》
《貴官らはナターリア公女を保護しているな》
軍曹の両眼に警戒の色が走った。
《……だとしたらどうする》
《公女を引き渡して欲しい》
《その判断は上官がなすべきものだ。だが、我々は公女とともに行動する必要が

ある》
《詳しくは貴官の指揮官に話すが、彼女の身は我々が安全に保護する。絶対にボリシェヴィキには引き渡さない》
《信じてよいのだな》
《むろんだ。何度も言うように我々は共産主義に対抗する立場にある》
軍曹はあごを引いて、ニコライに顔を向けた。
《ところで、君は？》
代わって雪本が答えた。
《ニコライ・ネフスキー君だ。もともとはペトログラード大学の官費留学生だったが、革命で故国へ帰れなくなり、日本の学校で語学教師をしている》
《彼は白軍側の人間なのだな》
《赤軍に怒りを覚える人間の一人です》
ニコライはポーランド語で言ってから賢治に向かって直訳してみせた。
《そっちの背の低い男は知っている》
軍曹は賢治へあごをしゃくった。
あいさつをしようとしたが、賢治の声は喉から出なかった。

花巻正教会から続いている恐怖は消えてはいない。
ただ頭を下げた。
《ところで、その少女は何者だ》
《道案内の村の少女だ。マユという名で公女の友人だ》
《わかった。では、君たちを我々の根拠地に案内する。ただし、厳しい山道だ》
《覚悟している》
《怪しい動きがあったら、ただちに射殺するぞ。俺の腕は少佐よりはるかに上だ》
《わたしが拳銃を持っていることに気づいたのだな。なぜ、取り上げない》
賢治は背中に汗が流れるのを感じた。
《それがポーランドの騎士道だ》
すごみのある顔で軍曹は笑った。
軍曹が先に立ち、賢治たちは大槌街道を界木峠に向けて上り直した。
峠のすぐ手前で、軍曹は左に折れる細道へと入った。
道の両側からススキの茎が重なって、道の入口がわかりにくい。
ごそごそと茎を掻き分けながら、賢治たちは進んだ。

夜露が身体を濡らす。

尾根沿いに続いているのか、勾配はさほどでもなかった。

しかし、道はほとんど崖沿いを通っていて、途中、幾度も急斜面を横切っているいわゆるトラバース道があった。

二番目のトラバースでは、高低差が五十メートルほどもあった。

はるか眼下に岩だらけの谷底が望める。

滑り落ちたら、一巻の終わりだ。

軍曹、雪本、マユの三人は、斜面など存在しないかのように変わらぬ歩調で歩いていく。

必死であったが、賢治は腰を落とし三点確保を心がけて、いちばん危険な場所を何とか通り過ぎることができた。

「ニコライさん、どうしました。動けないのですか」

雪本が叫んだ。

「ワタシは無理です。先に行って下さい」

トラバースの真ん中あたりで、ニコライはしゃがみ込んで震えている。

「なにを言ってるんですか」

雪本は舌打ちしながらルックザックを下ろし、三メートルほどのロープを取り出した。

軽く巻いて左肩に掛け、ニコライのところまで戻ると、雪本の身体にもやいに結んだ。

「さぁ、これで谷間で落ちることはない。行きましょう。ニコライさん」

ニコライはよろよろと立ち上がると、長身の身体を小さくして雪本の後に続いた。

渓流から離れると、樹間の道が続き、ニコライも震える必要はなくなった。

樺《かば》の木が目立つ雑木林の下草にチシマザサが多いところを見ると、冬場はかなり雪が積もって春になってもなかなか溶けないのだろう。

目の前にブナの老樹が月光を浴びて浮かび上がった。

落雷か何かで幹が折れ、根元近くで五つの方向に分かれて伸びている。

空に向けて何かをつかもうとしている巨人の掌《てのひら》が地表から生えているようだった。

ブナ林を抜けると、小さな湿地帯に出た。

オギとカヤが風に揺れて、さやさやと鳴り続けている。

視界が開けると、頂上が三角の山を左巻きに巻いていることがわかった。

山影が真後ろに来たところで賢治は訊いた。

「マユちゃん、あれはなんて山だべな」

「権現山だ」

マユはかるく息を弾ませて答えた。

「なるほど、いまこのあたりだな」

歩きながら参謀本部の地図を拡げてみて、自分たちが遠野と橋野の境の尾根を歩いてから、笛吹街道の方向へ降り始めていることに気づいた。

それからの下りは傾斜がきつい上にひどく荒れた道だった。

土に埋まった石の角や木の根に足を取られないように気をつけながら、賢治たちは谷へと下りていった。

道が平坦になったと思ったら、目の前にたちはだかる黒い大きな物体が現れた。

ツタなどの蔓草がものすごく絡《から》みついた建物の壁であった。

あたりに灯りはなく、まわりの山の木々が風にざわめく音だけが響いている。

《そこで止まって待っていろ。上官に報告してくる》

立ち止まった軍曹は、いきなりマユに歩み寄ると、細い身体を抱え上げた。

「きゃあ」

マユの悲鳴が響いた。

《悪いが、この少女を預からせてもらう。なに、上官の許可を得るまでの間だ》

ムニーシェフ軍曹は、エルマをさらったときと同じようにマユを肩にかついできびすを返した。

「マユちゃん、大丈夫だよ」

「ちょっとの間、辛抱《しんぼう》してね」

「ワタシもすぐに行きます」

賢治たちは、マユに次々に声を掛けた。

マユは恐怖に耐えて何度もうなずくそぶりを見せた。

軍曹は大股に建物の陰へと消えていった。

後を追って目の前の建物をまわると、軍曹の姿は見えなかった。

自分たちが立っている場所は斜面の頂上付近だった。

眼下に巨大なクレーターのような窪地がひろがっていた。

正面遠くには崖が延々と連なっている。

部分的に露出している変閃緑岩《へんせんりょくがん》（変輝緑岩《へんきりょくがん》）層と花崗岩層が交互に重なったものと思《おぼ》しき、黒白だんだらの層理が賢治の目を引いた。

谷底には見慣れぬ壮大な光景がひろがっていた。

大小さまざまな建物の黒い屋根が月明かりに光っている。

工場のような横に長い大きな棟、事務所棟らしき建物、飯場と思しきマッチ箱のような幾つもの小屋、水タンクや燃料タンク……。

とりわけ目立つのは、賢治たちの立つ場所から始まっている斜面に沿って斜めに建てられている大きな建物だった。

かたわらにはインクライン（貨物用ケーブルカー）の軌道が見える。とは言っても、岩手軽便鉄道よりも幅の狭い頼りないレールだった。

傾斜が始まる前の水平なレールには、五メートルくらいの茶色い鉱車が止められていた。五両のトロッコはいずれも赤錆《あかさび》が浮き出て寂《さび》れた雰囲気を漂わせている。


――廃坑の　うつろいをいたみ　立ちわぶる　わが身の露を　風はほしつゝ

かつて、関教授の依頼で稗貫郡地質及土性調査のために、花巻北東にある石鳥《いしどり》谷《や》町《ちよう》の猫山《ねこやま》を訪れて、モリブデン鉱山跡に立った。そのときに詠んだ歌が思い出された。

だが、この廃鉱山は比べものにならぬほど大きく、はるかに凄惨《せいさん》な雰囲気を持っている。

「すごい眺めだ。雪本さん、これは鉱山跡ですね」

ニコライが目を見張っている。

「斜面に沿ったこの建物は選鉱所に違いありませんね。橋野鉱山所の一部なのでしょうが、笛吹街道を越えていないわけだから、本坑とは離れている場所です。ま、この荒れ放題の現況を見れば考えるまでもないが」

「ああ、ここにツルハシを交差した記号がある。雪本さんの言う通り、別の鉱山ですね」

賢治は地図を見ながら人差し指で現在の位置を指し示した。

雪本は懐中時計を取り出して月明かりに照らした。

「もうすぐ二十一時です。不動堂から三キロ強を歩くのに優に一時間半以上も掛かってしまった計算になりますね」

賢治は地図をしまうと、谷あいを眺めまわした。

どの建物にも明かりが点いていない。発電施設も止められているに違いない。

「橋野鉱山は南部藩時代からの古い鉱山のはずですが、ここは何年も前から廃坑のようですね」

「親元の釜石鉱山田中《たなか》製鉄所がダメになっていますから。栗橋《くりはし》にある分工場を止めることさえ検討しているようですよ。こんな隅っこの鉱山はとっくに見捨てているのでしょう」

「え、田中製鉄所って大きな会社ですよね。ダメになってるのすか」

「世界大戦終結後の不況による経営悪化によって鉱夫たちの労働環境がひどい状態になり、大規模な労働争議が起こったのが一昨年の秋です。あのときは警察官が二百名近く出動した上に、陸軍も二個中隊を派遣して鎮圧《ちんあつ》に当たりました」

「そういえば、そんな騒ぎがありましたね」

「廃坑なら身を隠す場所には困らない。ポーランドの連中は、よくこんな場所を見つけ出したものだ」

「とは言っても、どの建物も相当傷《いた》んでますね」

賢治は眼下に並ぶ大小の建物を指さした。

あらゆる屋根は、剝がれたり反《そ》り返ったりしてあちこちに雑草が伸びている。建物によっては柱が折れているのか、大きく傾いている。

「そうですね。かるく十年は使っていない雰囲気ですね。たしかに雨漏りが大変そうだ」

雪本は小さく笑った。

大柄な影が選鉱所の建物からのそっと現れた。

《諸君を我々の根拠地に案内する》

軍曹は低い声とともに、すぐ右のツタが絡まったトタン壁の建物を右手で指し示した。

開け放たれた広い入口から入ると、カビ臭とほこりの臭いとともに、得体の知れないオイルや金属の臭いが混じる。

破れたガラス窓から月光が差し込んではいるが、建物の内部はかなり暗い。

この建物は三角屋根を持つ上部構造は木製だが、基礎部分はすべてコンクリートで造られているようだった。

段々畑のように何段にも連なる敷地は、どの段にも建物の横幅いっぱいにさまざまな機械が据えつけられていた。もっとも下層階のほうは薄暗くてよく見えない。

「坑道から出てきたトロッコが、選鉱所へ鉱石を落とし込むような構造になっていますね」

施設のなかを見渡しながら、賢治は説明を加えた。

賢治たちが歩いている最上段の階には、大型のモートルに接続された巨大な炊《すい》飯釜《はんがま》のような機械が五基ほど並んでいた。

「これはボールミルという鉱石粉砕機《ふんさい》ですね」

「お詳しいですね。あ、そういえば、宮沢さんは今回も遠野へは鉱物調査で見えたんですよね」

「はい、僕が探してたのは粘土ですが……これは浮遊選鉱所の一部ですね」

「はぁ……金属と岩石を水の中で撹拌《かくはん》して分離させる方式でしたっけね」

「その通りです。手選鉱と比べて、どうしても施設が大きくなってしまいます」

ニコライは珍しそうにあたりをキョロキョロ眺めまわしながら言った。

「この施設が使われていないのは、日本国の損ですね」

話をしながら歩くうちに、目の前にあたたかいオレンジ色の光がぼーっと見えてきた。

待ち受けているのはどんな連中だろう。賢治は緊張を隠せなかった。
やがて、梨地《なしじ》ガラス窓の入った観音《かんのん》開きの扉が視界を塞《ふさ》いだ。
選鉱所最上階の詰所らしい。
《少佐、拳銃を預かるぞ》
雪本は上着の隠しから小型オートマチック拳銃を取り出して迷わず軍曹に渡した。
《よし、一人ずつ入れ》
軍曹の言葉に従って、まずは雪本が、続いて賢治が室内に入った。
灯油ランプの灯りを囲むようにして、数人の男女が座っている。
そのうちの小柄な影が立ち上がると、猛スピードで賢治の元に走り寄ってきた。
「エルマちゃんに会えた。元気だ！」
マユは顔いっぱいに笑みを浮かべて、賢治の袖を引っ張った。
灯りのそばで華奢《きゃしゃ》な身体が立ち上がった。
エルマは連れ去られたときと同じように、可憐《かれん》な姿のままだった。
瞳の輝きを見るに、ここでつらい目に遭っていたとは思われない。

「ダンコン・チーウイ（皆さんありがとう）」

澄《す》んだ声が室内に響いた。

「チュ・エスタス・ボーナ！（本当によかった！）」

思わずエスペラント語が、賢治の口を衝いて出た。

しばし、エルマとマユを囲んで、二人の無事を祝うフランス語と日本語が飛び交った。

入口で立哨《りっしょう》をしているムニーシェフ軍曹のほかに、室内には四人の男がいた。

四人は申し合わせたように、いっせいに立ち上がった。

「イワンでないか」

いちばん小柄な男を見た賢治は、大きな声を上げてしまった。

「宮沢さん、こんばんは」

イワンは喜善宅にいたときと同じ服のままだった。

イワンの日本語の発音がなめらかになったような気がする。

「君は神楽面の大男に殺されると言っていたでないか。なして、ムニーシェフ軍曹と一緒にいるんだ？」

「詳しいことは後で話します」

神楽面の大男、つまりムニーシェフ軍曹に殺されるというイワンの言葉は嘘だったのだ。
イワンの後ろから、カーキ色の野戦服を着た長身で痩《や》せ型の男が前に出た。年頃は三十代半ばくらいだろう。細面ですっきりとした顔立ちの上品な男だった。
男は賢治たちに思いのほか明るい声で呼びかけた。
《隊長のポドヴィンスカ大尉です》
雪本が右手を差し出しながら答えた。
《雪本弦三郎少佐です。あなた方のお力になるためにここへ参りました》
《日本政府と陸軍のご支援に心より感謝します》
二人はかたい握手を交わした。
《わたしの推測ですが、あなた方は意に反して日本に滞在しているのではないですか》
《その通りです。わたしたちは遭難したのです》
《あなた方が遭難したのは、一昨年、つまり一九一八年の五月二十七日ではありませんか》

雪本の言葉に、大尉はやわらかな笑みを浮かべた。
《日付までご存じだということは、少佐はわたしたちがどうして遭難したかもわかっているのでしょう》
《あなた方は、迫りくる赤軍から逃れるために沿海州あたりから空路を使って合衆国を目指したのではありませんか》
《はい、アムール川畔《ほとり》から飛行船で飛び立ちました。日本海を横切る際に低気圧が急速に発達し暴風が吹き荒れました。数時間後にはエンジンに不調を来《きた》して航行不能となり、不時着せざるを得ませんでした》
《それがこの遠野の山中だったというわけですね》
《そうです。我々の飛行船は合衆国のものとは違ってヘリウムではなく水素を使っています。そのため、不時着の際に爆発炎上しました。船長や操舵手《そうだしゅ》らは全滅でした。ここにいる者は、奇跡的に生き残ったのです》
《あなたたちの墜落《ついらく》地点はわかっています。遠野盆地西方鶊崎《みさざき》という集落です。我々は秘密裡に調査を行い、機体の残骸と亡くなった五人の方の遺骨を発見しました》
《わたしたちも負傷していたのです。気の毒な死亡者を埋葬《まいそう》することができなか

った……》
大尉は右手で自分の顔を押さえてうめいた。
《さらに、我々は、あなた方が残した焚き火の跡などで生存者がいることを知った。生き残ったあなたたちは、身を隠す場所を求めて遠野盆地を横切り、この鉱山跡に辿り着いたのですね》
《はい、さらにイワンを花巻に送ってペトロフ神父、つまりロシア帝国陸軍のペトロフ・ロマノフスキー中佐に接触させ、彼の援助によって今日まで生きてきたのです》
《ペトロフ神父は中佐だったのですね》
《一九〇六年にサンクトペテルブルク士官学校を卒業したれっきとした軍人です。今回の大戦前……六年ほど前に諜報将校として日本に潜入していました。花巻正教会の司祭をしていることは、あちらを出てくる際にコルチャーク提督から聞いていました》
《なぜ、ペトロフ中佐を殺したのですか》
《中佐は我々を裏切っていました。いつの間にかボリシェヴィキに寝返っていたのです》

賢治にも謎が解けた。裏切りに気づいたイワンが、伝書鳩の通信筒に中佐の目を盗んで秘密文書を入れて伝えたのだろう。そこで、ムニーシェフ軍曹が刺客として花巻へ向かったのだ。

イワンがタヂカラオに殺されると言っていたのは、義勇軍やこのアジトの秘密を守るために、あえてムニーシェフ軍曹が敵であるかのように装った偽装工作だったのだ。とすれば、ペトロフ司祭、いや、ロマノフスキー中佐が殺されたときのイワンの泣き声は演技だったことになる。見かけによらずイワンの演技力は高いと賢治は驚いた。

《あなた方の任務は何だったのですか》

雪本はあらたまった顔で訊いた。

《先にお話しした通り合衆国への脱出です》

きっぱりと言い切った大尉に雪本はかるく首を振った。

《すでにペトロフ中佐からお聞き及びだろうが、シベリアの白軍は壊滅しました。二年前だってシベリアの白軍は追い詰められていたはずだ。よほどのことがなければロシア白軍が飛行船を提供したりしないはずです。失礼だが、大尉、あなたが合衆国に脱出するためだとは思えない》

大尉の瞳を射すくめるように見つめて、雪本は言葉を継いだ。
《あなた方はある重要人物を護送中だったのではないですか》
大尉の顔には緊張が走ったが、すぐに平静な表情に戻った。
《少佐の話されていることの意味がわかりません》
《我々がどこまで協力できるかは、あなたが真実を話してくれるかどうかに懸かっています。あなたたちは合衆国に歓迎される人物を護衛していたのでしょう？その人物が赤軍の手に渡ることは白軍にとっても、合衆国にとっても、我々日本政府にとっても不幸なはずです。彼は無事なのですか。ここにいらっしゃるのですか》
ポドヴィンスカ大尉はしばらく黙って天井を見つめていた。
《日本陸軍はそこまで調査済でしたか……仕方ありません。ご紹介しましょう。わたしたちは彼を護衛するために、いままで生きながらえてきました》
イワンと同じくらい小柄で、金ぶちのメガネを掛けた男が歩み出た。年頃もイワンと同じ四〇歳くらいだろうか。大尉と同じような野戦服に身を包んでいる。白味がかった金色の髪で、非常に知的な容貌を持っている。
《バラノフスキ博士です》

大尉のこの声を聞いた雪本は日本語で叫んだ。
「生きておられた！」
雪本は抱きつかんばかりにして歩み寄ると、両手でバラノフスキ博士の手を取った。
《わたしがどんなに嬉しいかわかりますか。博士は世界の宝だ！》
雪本の声はあきらかに上ずっていた。
賢治が初めて見る雪本の興奮した表情だった。
《恐縮です。アンジェイ・バラノフスキです》
落ち着いた声音で博士は答えた。
《お目に掛かれて光栄です。博士の頭脳は世界が必要としています》
《世界ではなく、合衆国や日本、つまり共産主義勢力を恐れる人々でしょう》
博士はにやりと笑った。
《これは痛いところを衝《つ》かれました。あなたの研究がボリシェヴィキの手に渡らないようにする。これがわたしの任務です。博士を安全圏にお移しするため、渾《こん》身《しん》の力をふるう所存です》
《少佐、ありがとうございます。この先の行動になやんでいたわたしたちにとっ

て、まさに救いの神です》

《博士とまったく同じ思いです。どうかよろしくお願い申し上げます》

博士も大尉も丁重《ていちょう》に頭を下げた。

《大尉、ほかの皆さんを紹介して頂ければ……》

雪本の請《こ》いに、大尉は照れたような笑いを浮かべて背後をふり返った。

《失礼しました。イワン、こちらへ》

前に出たイワンの口から出た言葉は意外なものだった。

《ヤン・ドンブロフスキ技術中尉です》

イワン、いやドンブロフスキ技術中尉は、堂々とした笑顔を浮かべた。いままでの冴《さ》えない顔つきは芝居だったのだ。やはり演技力のある男だ。

《ほう、そうでしたか》

雪本も驚きの声を上げた。

「イワンが士官……」

ポーランド人としては小柄で風采《ふうさい》の上がらないイワンは軍人にはほど遠い。

——日本ハ地震ガ多イカラ煉瓦ノ家ガ少ナイノデスカ？

だが、岩手軽便鉄道内の会話の中で彼が分析的な視点で物を言っていたことを、賢治は思い出した。ただの寺男でないことは、あのときからわかっていたのだ。

《最後にボルコ・ノヴァック上等兵》

ムニーシェフ軍曹に比べるといくぶん背の低いガッチリした男の体型には見覚えがあった。デンデラ野で石を投げてきた恵比寿面を掛けていた男に違いない。だが、いまはほかの者と同じような野戦服を着ている。神楽面や白麻の単衣、袴などは、正体を隠すためにどこかの神社からでもくすねてきたものなのだろう。

《石が当たったお二人は、さぞ痛かったでしょう》

上等兵は三十代の終わりくらいか。鼻が大きくゴツゴツした感じの顔つきで、素朴な農夫といった雰囲気の穏《おだ》やかな容貌を持っていた。

《いや、やられましたよ。まだヒリヒリします》

ニコライが冗談めかして答えた。

《急所は外しましたが、すみません》

上等兵は頭を下げた。
《ごあいさつが遅れました。ニコライ・ネフスキーさんですね。あなたも祖国へ帰れない仲間ですね》
ニコライは大尉の差し出した右手を握ってほほえんだ。
《あなたがたのお力になりたいです》
続けて大尉は賢治に右手を差し出した。
《宮沢さん、あなたとは不思議な縁を感じます。花巻正教会のときから軍曹に会っていたのですからね》
そのために警察に勾引されたわけだが、大尉や軍曹を恨《うら》むわけにもいかない。
ニコライの同時通訳が終わるのを待って、賢治は大尉の手を握った。
ぶ厚いあたたかな掌《てのひら》だった。
「よろしくお願いします」
《ドンブロフスキ中尉を花巻から遠野まで連れてきて下さったことに、改めて御礼を申し上げます》
「宮沢さん、ありがとう」
ドンブロフスキ中尉も手を握ってきた。

双方の紹介が終わったところで、ポドヴィンスカ大尉があらたまった顔つきで一同を見まわした。

《わたしと軍曹はシュラフタの出身で、中尉と上等兵は平民の出です。しかし、四人とも祖国ポーランドを愛するこころには少しの変わりもありません》

大尉は胸を張った。

「シュラフタとはポーランド士族のことを指します。つい先頃、制度としては廃止されましたが」

ニコライがすかさず説明を加えてくれた。

《いまポーランド第二共和国は祖国を守るためにボリシェヴィキと戦っています(後の世に言うポーランド・ソビエト戦争)。ですが、シベリアにいたわたしたちはボリシェヴィキの支配する地域を通らなければ、祖国に帰れなかった。同胞とともに銃をとることができないのです。だから、わたしは別の手段で祖国の力になりたいのです》

大尉の熱のこもった言葉に、すかさず雪本が答えを返した。

《ナターリア公女とバラノフスキ博士を合衆国へ逃がすことが、あなた方とわたしに課せられた責務です。これはポーランドだけでなく世界のためです。どんな

ことがあってもお二人を赤軍に渡してはならない》

雪本の声が毅然《きぜん》と響いた。

エルマについてはよくわかっていた。だが、博士を合衆国へ逃がさなければならない理由は賢治にはわからなかった。

だが、ここにいる人々の中では常識以前の問題のように思えた。本人の前では聞きにくかったので、後で雪本に尋ねてみようと思った。

《雪本少佐には、我々を合衆国に逃がすご用意があるのですか》

大尉が真剣な顔つきで訊いた。

《はい。ナターリア公女を迎えに合衆国政府の船舶が、明日の夕刻にここから東へ陸路を約二十五キロ行った大槌湾に来ることになっています。すでに一週間以上前にハワイ準州オアフ島の真珠湾《しんじゅわん》海軍基地を出港した小型高速船舶が、岩手沖に向かって航行中のはずです。当然ながら、バラノフスキ博士とあなた方三人もお乗せする》

雪本のこの言葉を聞いたポーランド人たちは、いっせいに歓声を上げた。

《少佐、わたしは夢を見ているようです。二年の間、日本人から隠れ続けて苦しい日々を送ってきました。唯一《ゆいいつ》の頼みの綱だったペトロフ中佐に裏切られてから

は、まさに希望のない毎日でした。それがいま、日本陸軍の力で救われるとは》

大尉の声はくぐもって震えた。

《この作戦は陸軍だけではなく、政府機関、さらに受入れ側の合衆国政府の協力を得ています。ただし、すべては隠密裡《おんみつり》に行わなければなりません。そこが問題なのです》

雪本は眉を曇《くも》らせた。

賢治は懐中時計を取り出して目をやった。九時半を少し過ぎていた。

「すべてが山道だとしても、二十五キロなら、七、八時間ほど歩けばいいのでしょう。これからすぐに歩き始めれば夜明け前には着きますよ」

だが、賢治の言葉に雪本は顔を曇らせた。

《海へ抜ける道は笛吹街道一本しかありません。しかし、街道には次々に集落が現れます。栗橋村に出るまではまず大丈夫ですが、そこから先は鵜住居まで笛吹街道に沿った人家が多いのです。とくに栗橋村の沢集落から南に入ったところには釜石鉱山田中製鉄所の分工場があります。沢集落内には駐在所や電話もあります。たとえ夜間でもこの人数で通れば住民から官憲に通報されかねない。海に出る前に釜石警察署の巡査に捕まってしまうでしょう。そんな事態になれば、すべ

ては水泡《すいほう》に帰《き》します。ナターリア公女一人ならなんとか隠す方法も考えられたのだが……》

《では、公女と博士だけならどうですか？　二人に変装をさせるなどすれば誰にも見つからずに大槌湾まで行けるのではないでしょうか》

勢い込んだ大尉の言葉に、雪本は静かに首を振った。

《大尉たち三人はどうするつもりですか。こんなチャンスは二度とないんですよ。今回を逃せば、あなたたちは自由圏に逃げられなくなる。こんなことは言いたくないが、仮にボリシェヴィキが勝利して確実な政権を樹立したら、日本政府によってシベリアに強制送還されるかもしれないのです。そうすればあなた方の生命は危うい》

《百も承知です。しかし、わたしたち三人は公女や博士のように、世界を救うような価値はありません。そもそも飛行船が墜落したときから、わたしは博士を護《まも》るためだけに生きてきたのです》

ニコライの訳語を聞いていたマユが賢治の袖を引っ張った。

「なした、マユちゃん」

「栗橋や鵜住居を通らねばいいいんだべ」

「そんな道があるのかい！」

「赤内森《あかうちもり》の道だ。ひどい道だども……」

「それでもいい。教えてけねぇか」

賢治は参謀本部の地図をマユの前に拡げた。

「まんつこのまま北へ行くんだ。そっこから赤芝川を下って、初神沢《はつかみざわ》を遡って、赤内森って山さ目指して山越して、あどは種戸川《たねどがわ》に沿って下れば、追っつけ大槌の浜に出るだ。たぶん、夜は人なんぞいねぇし、巡査だ電話なんてものはありゃしねぇです」

マユは眉根を寄せて地図の上を指で辿った。

「おお！　そりゃあいい。どれくらいの道のりになるかな……」

ポケットからフランス製のキルビーメーター（地図の上の距離を測る道具）を取り出した賢治は、地図上に伸ばしスケールバーと照らし合わせて距離の見当を付けた。

ほかの者は賢治のやっていることに気づいて、固唾《かたず》を呑んで見守り始めた。

「三十キロと少しで海へ出る。十時間も歩けばいい！」

マユは首を横に振った。

「とんでもねぇ。あの洞窟に下りる道と、そう変わらねぇのす。まんつ一日がかりだな」

「とすれば、山中で泊まった方がよさそうだな」

「ああ、そんだ。ちょうど真ん中あたりに赤内森の手前に谷地《やち》（湿地）がある。えらい虫が多いども、春秋の猟のために猟師が小屋掛けしているだ。そこで泊まりゃあええ」

　マユが指さしたあたりにはたしかに湿地の記号があった。この場所から十四キロほどの位置だろうか。

「それにしても、こんな山道をよく知ってるねぇ」

　賢治の言葉にマユは照れてうつむいた。

「われの母は種戸《たねど》の出なのだす。だで、尋常の頃は種戸によく行ってたのす。で、種戸の母方の祖父さまと一緒に一度、この道を歩いたことがあるんだ」

「ありがとう。マユちゃんがいてくれて本当によかった……ニコライさんっ」

「はい、何でしょう」

　賢治の呼びかけを待っていたかのようにニコライが答えた。

「僕がこれから話すことを正確に翻訳《ほんやく》してくれませんか」

「お安い御用です」

ニコライは右目をつぶった。

「よろしくお願いします。雪本さんの心配する人目を避けて、海へ出る山道をマユちゃんが教えてくれました。皆さん、地図を見て下さい」

賢治は床に地図を拡げた。

全員が車座に地図を囲んで見入った。

「まず、ここから笛吹街道へは出ず、反対の北へ道を辿ります。山越えをするとおよそ八キロで赤芝川という川に出ます。ここから赤芝川沿いに下り、また小さなピークを越えて初神沢に出て、ここから沢を遡ります。十四キロほど進んだ赤内森という山の麓に種戸川源流の湿地帯があります。ここまでおよそ七時間を見ればいいと思います。この湿地帯には猟師が作った杣《そま》小屋があるそうです。この小屋で一泊します」

「ほう、泊まるところがあるのですね。たしかに我々はともかく、ナターリア公女や博士に三十キロの山道をいっぺんに歩かせるのは無理ですからありがたい」

身を乗り出して雪本は尋ねた。

「はい、二日目は種戸川沿いに下りますが、二十キロを過ぎたあたりで小鎚川《こづちがわ》と合流します。このあたりから人家が出てきますが、大した集落ではなく駐在所も電話もないはずです」

「小鎚川沿いにはないでしょう。海沿いの大槌まで出れば村役場がありますが」

雪本は大きくうなずいた。

「最後の小鎚集落あたりからは人家が増えてきますが、城山という山を越える迂回路で大槌湾に出られます。二日目の行程はおよそ十六キロ。山道が半分くらいだから八時間を見れば余裕です。ただ、浜の周辺はひと目も人家も避けられません」

「ご心配なく。城山を通る迂回《うかい》も必要ありません。浜近くまでに出られたら、仮に人家があってもわたしに考えがあります。この経路で行きましょう」

雪本は毅然《きぜん》とした表情で答えた。何らかの作戦を計画しているのだろう。

《一時間後に出発して明日の明け方まで歩き、交代で数時間、仮眠を取る。さらに明日の朝のうちに湿地を出発すれば夕刻には大槌湾に出られますね》

大尉は喜びの声を上げた。

《迎えの船の来航時刻は明日、八月三十日夕刻となっていますが、少なくとも三十一日の夜明けまでは大槌湾の沖合いに停泊する予定です。時間的にはまったく

問題はない》
　雪本の声もいつになく昂揚《こうよう》している。
《ところで、皆さんお腹は空いていませんか？　乾パンと氷砂糖、牛缶がありまず》
《ありがとう。しかし、ナターリア公女を歓迎する祝宴《しゆくえん》を開いたので、我々はお腹は空いていません。と言っても、晩餐《ばんさん》のご馳走《ちそう》は手持ちのニシン缶でしたが》
　大尉は苦笑いした。
《では、皆さん、一時間後の午後十時半に出発します。荷物を用意して下さい。ニコライさん、これからの行動予定をナターリア公女に説明してあげてくれませんか》
　雪本は宣言するように言ってから、ニコライに頼んだ。
《了解しました》
　なるほど、ポーランド語と日本語だけで説明されたここまでの会話を、エルマは理解できていないはずだ。
　もしかすると雪本は、エルマが貴人であることを慮《おもんばか》って、彼女を日本国が政治の道具のように考えている事実を伝えたくなかったのかもしれない。
ニコライのフランス語が室内に響いた。
壁を背にしていたエルマは、全員を見まわしながらゆっくりと唇を開いた。
《わたくしのために生命を懸けて下さって、なんとお礼を言っていいのかわかりません。皆さまに主の祝福のありますように》
石榴《ざくろ》色の唇から紡《つむ》ぎ出される静かな口調は、気品に満ちて貴人にふさわしく響いた。
ハープの高い音域をかき鳴らすような声音に賢治はうっとりと聞き入った。
じっと見つめていると、青玉《サファイア》色の瞳にとまどいの色が浮かんだ。
《でも、わたしは本当はパリに帰りたいのです。生まれ育ったパリに……》
雪木がその場を取りなすように答えた。
《合衆国に渡ることができれば、情勢を見て必ずパリへ戻れます。あちらには公女の支援者がたくさんいます》
《そうなることを期待しています》
エルマはゆったりとうなずいた。

第三章　神の火

【1】

出発の支度《したく》が始まった。

ポドヴィンスカ大尉とドンブロフスキ中尉が茶色いルックザックを持っているのには驚いた。墜落の際に飛行船からよく持ち出せたものだ。

ムニーシェフ軍曹とノヴァック上等兵の背中で目立つ竹で編んだ背負い籠《かご》は笑いを誘った。どうせ、どこかの農家からくすねてきたものだろう。

ポーランド人たちは、持ってゆくべきものと残すものの峻別《しゅんべつ》に余念がない。

雪本とニコライは地図を囲んでルートを確認している。

賢治が持っているものと同じ参謀本部の地図だった。考えてみれば、参謀将校出身の雪本が地図を携行しているのは当然のことだ。

マユは部屋の隅でうたた寝を始めた。

こんな少女を夜通し歩かせてよいものだろうか。遠野に残された祖父はどんなに心配することだろう。

しかし、マユがいなければこれからの困難な山越えは絶対に不可能だ。彼女自身もそのことはよくわかっているからこそ、赤内森山麓《さんろく》の裏道を教えたのだ。

(作蔵さんには喜善さんの奥さんが事情を伝えてくれるだろう)

賢治はマツノ夫人の賢明《けんめい》さに期待した。

部屋の奥には鳥かごが吊され、二羽のハトがクルルと鳴いている。一羽は喜善宅で雪本が放したハトに違いない。もともと花巻市内と、この鉱山の連絡用に使われていたのかもしれない。

エルマがふらっと詰所を出た。

賢治は特に支度の必要もないので、エルマの後を追った。

エルマは選鉱所をまっすぐに歩いて、やがて建物の外へと出た。

十五夜月が谷底の廃墟《はいきょ》を青い色に染めている。

そこかしこの草むらから、虫すだく音が聞こえてくる。

賢治の心のなかで、シューマンの『トロイメライ』の旋律が響き始めた。管弦楽の伴奏でパブロ・カザルスがチェロを弾いている。盛岡の楽器店で買った大好きなレコードの演奏である。

給水塔や巻き上げウィンチ、何本も並ぶ煙突や鉱車用のレール。構内の残存物は太古《たいこ》の遺跡のように鈍《にぶ》く光っていた。

段々畑に似たかたちで造られたコンクリート擁壁《ようへき》は古代の神殿にも似ていた。月光に照らされて蒼く輝き、海底に沈んだというアトランティスを思わせる。

(ああ、ここは王妃の谷だ。王妃ネフェルタリの住むところなのだ)

賢治の心のなかで、アトランティスは古代エジプト王朝と重なっている。エルマにもリネンのワンピースを着せ、胸元を幾多の宝玉《ほうぎょく》で彩られた首飾りで飾りたくなった。

エルマは静かに擁壁最上段の縁《ふち》を歩いている。

しばらく歩いたところで、エルマは腰を掛け、空を見上げた。

「キレイ……」

澄《す》んだ声音《こわね》が響いた。賢治は我が耳を疑った。

「エルマさん、いま何と言ったのですか」

賢治が近づいていくと、エルマは振り向いた。

胸元でメダイヨンがキラリと光った。

「キレイと言いました……月がキレイ」

口元に笑みを浮かべた。

「に、日本語が話せるのすか！」

賢治の声は上ずっていた。

「ほんの少し」

「驚きました」

「ラムステット博士は日本語の達人です。日本へ向かう船の中でわたくしに毎日レクチャーしてくれました」

エルマは片言の日本語を使えるようなことを柳田が言っていた。が、発音も美しく片言どころではない。

「なぜ、いままで日本語を使わなかったのですか」

「わたくしがわからないと思ったほうが、皆さんは話しやすいでしょ。ふふふふ……内緒よ」

言葉とは裏腹にエルマの笑顔は淋《さび》しげだった。

「では、どうして僕には話してくれるのですか」

しばらくエルマは黙っていた。

「ほかの人はわたくしの政治的な価値を心配してくれています」

「そうでしょうか」

「そうよ。だから、たとえばボリシェヴィキが完全に勝てば、わたくしは誰にとっても無価値となります」

「僕にとっては違います」

思わず大きな声を出して賢治は自分の口を掌《てのひら》で押さえた。

「ええ。あなただけは、わたくしをただの人として心配してくれます。あ、マユちゃんもそう」

「どういう意味ですか?」

「あなたはわたくしがエルマでもナターリア・パヴロヴナ・パーリィでもどっちでもいいのでしょう?」

「そうかもしれないです。僕はただエルマさんが危ない目に遭《あ》うのは嫌なのです」

賢治の偽《いつわ》らざる気持ちだった。

「雪本さんは勘違いしていますね。あなたは巻き込まれただけの人。政府の人じゃない」

「ええ、僕はなんだかよくわからないうちにここに来ているのです」

「ニコライさんもいい人。だけど、彼はやはりロシアのことが心配。義勇軍の人たちもみんないい人。でも、ポーランドのことが心配。あなたはわたくしのことを心配してくれた。マユちゃんもそうです」

「マユちゃんは本当にいい子ですね。初めて会ったときからあなたのことを心配し続けていました」

「心のきれいな子……なんで仲よくなったと思いますか?」

「エルマちゃんはやさしい人だからと言っていました」

「おかしいの。わたくしが罠《わな》に掛かったキツネを助けたから、心がやさしいって言うのよ。マユちゃんが餌《えさ》をやっていたキツネなんですって」

　今度のエルマの笑顔は屈託《くったく》がないように見えた。

「そうだったんですか」

「わたくしは散々、嫌な人たち恐ろしい人たちを見てきました。だからわかるの。いい人と悪い人が。宮沢さんはとってもいい人」

「いやぁ、そんなこと言われたことないです」

賢治が頭を掻《か》いたそのときだった。

目の前に突如《とつじょ》としていくつもの黒い影が現れた。

コンクリート擁壁の下段から這《は》い上がってきたのだ。

最初に上がってきた大柄な黒い影が両手で賢治を突き飛ばした。

「うわっ」

叫びながら賢治は後ろにひっくり返った。

目から火花が散った。

地面にしたたか後頭部を打ち付けたのだ。

頭へ手をやって上体を起こす。

血は出ていないようだ。

泥でよかった。コンクリートだったら頭の鉢が割れてしまうところだった。

大柄な男を取り囲むようにして、肩から革ベルトで小銃を掛けた四人の男が立っている。

男たちは誰しも、紺《こん》色の菜っ葉服を着ている。

自分を突き飛ばした男の顔を見て賢治は息を呑《の》んだ。

西洋人にも似た鼻が高く彫《ほ》りが深い顔、大きな瞳、左あごの鉛《なまり》色の傷……。

「ああっ、おまえは！」

丹野煉瓦の職工頭、三吉だ……。

とすると、ほかの四人も樺太アイヌの職工たちなのか。

それにしてもなぜ、三吉がこんな乱暴なことをするのか。

「よしっ、二人を後ろ手に縛れ」

命令に従って、ほかの者たちが賢治とエルマの両手を後ろで縛った。

エルマがフランス語らしき言葉で叫んだ。

「おいっ、公女をおとなしくさせろ。傷つけちゃならない。猿《さる》ぐつわを嚙《か》ませるんだ」

エルマの声はただのうめきにしか聞こえなくなった。

「宮沢さんだったな」

三吉は喉の奥で笑って腰から小型のリボルバー拳銃を引き抜いた。

「三吉……なしてだ？」

「俺の名前は三吉ではない。ウラル・シェバーリンという」

「おまえはいったい何者なんだ」

「あんたたちがいちばん嫌っている者だ」

「ボリシェヴィキ……か……」

賢治は全身の血が足元に下がっていくような感覚を覚えた。

「そういうわけだ。ウラジーミル・レーニン同志、レフ・トロツキー同志の指導の下、我らは新しい世界を作るために日夜戦っている」

三吉、いや、シェバーリンは胸を張った。

こんなところで、世界を騒がせている共産主義の巨魁《きょかい》の名が出てくるとは思わなかった。

部下の一人がエルマの首筋に大型のナイフを当てている。

「エルマさんをどうするつもりだ」

賢治は激しい声で叫んだ。怒りで恐怖を忘れていた。

「知れたこと。我が国に連れ戻す」

「我が国……おまえは樺太アイヌではないのか」

「残念ながら、俺は樺太人でもアイヌでもない。ハバロフスク地方のナナイだ。部下の者もすべて沿海州ツングースの民だ」

賢治には北方少数民族についての知識はなかった。

あらためてシェバーリンの日本語が完璧であることに驚く。

「つまり、ロシア人か」

「ソビエト人と呼んでほしいね……」

賢治の背中を冷たい汗が流れ落ちた。

エルマにとって最悪の結果となった。

「俺たちはひそかに国境を越え、去年から西柵丹村のアイヌ漁師の家で働いていたのだ。丹野煉瓦の職工募集は年によっては人が集まらない。生活習慣が違い、言葉も通じにくい内地に働きにいくのはアイヌにとっては安定した収入が得られるとはいえ、おそろしいことなのだ」

「それでまんまと潜り込んだというわけだな」

「俺たちの勤勉な噂を聞いていた村長は、一も二もなく推薦状を書いたというわけよ」

シェバーリンは喉の奥で笑った。

「さて、余計なおしゃべりはこれくらいにして、あんたたちのリーダーと話したいのだ。呼んできて貰《もら》おうか」

部下の一人が賢治の両手を背中で後ろ手に縛った。

シェバーリンは賢治の背中をかるく押した。

後ろ手に縛られたまま、賢治は選鉱所の建物に入った。

「た、大変だ……エルマが……」

詰所に入った賢治の姿を見て、雪本が顔色を変えた。

「いったい、どうしたんだ」

「人質にとられた。相手はシェバーリンという男だ。ボ、ボリシェヴィキだ」

「なんだって！」

雪本が拳銃を抜いた。

「ダメだ、雪本さん。相手も武装しているし、エルマの首筋にはナイフが……」

「そうか、で、敵は何人だ」

雪本の声が乾いた。

「五人だ。丹野煉瓦の樺太アイヌの職工に化けていたが、おそらく全員ロシア人だ。本人はソビエト人だと言っている」

「わかった……宮沢さんは一緒に来てくれ。大尉、博士を頼みます」

先に立った雪本は早足で歩き始めた。

コンクリート擁壁の端に、月光を浴びたシェバーリンたちが立っていた。

「わたしがリーダーだ。日本陸軍の雪本少佐である。シェバーリンはおまえか」

「これは少佐殿、お目に掛かれて光栄だ」

「エルマを放せ」

「公女は俺たちが頂く。それが我らの任務だ」

「おまえらが、我が国に潜入していたというボリシェヴィキの特務機関か」

「ほほう、調べがついていたのか」

シェバーリンはにやっと笑った。

「カムチャッカ親衛隊の軍人たちだな」

「日本陸軍の諜報《ちょうほう》能力も侮《あなど》れぬな。俺は《カムチャッカ・グヴァールヂヤ》の部隊長だ」

「おまえの階級は？」

「陸軍大尉だ」

これまた将校には見えない。特務機関の軍人というものは誰しも少しも軍人らしく見えない。

「そうか、将校か。レフ・トロツキー直属の秘密部隊という話だな」

「我々はトロツキー同志に鉄の忠誠《ちゅうせい》を誓っている」

「いままでどこに潜伏していたのか、八方手を尽くしたが、どうしても摑《つか》めなかった」

「ははは、我らは樺太アイヌとして暮らしていたからな。そこにいる宮沢という男とは鉢合わせしたこともあるぞ」

「それで、わたしを呼び出した理由を言え」

「知れたこと、我々の本来の任務を果たすためだ」

「本来の任務？」

「このアジトにナターリア公女がいたのは、言ってみれば棚からぼた餅《もち》だ。我々の目的はアンジェイ・バラノフスキ博士の連行だ。博士を連れてこい」

「断る」

雪本は毅然《きぜん》として言い放った。

「公女の生命が惜《お》しくはないのか」

シェバーリン大尉は、拳銃をエルマに向けた。

うめき声を上げるエルマの全身が激しく引きつった。

「よせっ」

「エルマさんに乱暴をするなっ」

雪本に続いて賢治も叫んでいた。激しい怒りが身体の真ん中を貫く。

「わたしは生命に替えても博士を守る」

雪本の声が凛々《りり》しく響いた。

「では、まずは、邪魔な少佐から死んでもらおうか」

シェバーリンは銃口を雪本に向けた。

賢治の全身はこわばって、どうしても動いてくれなかった。

そのとき、叫び声のようなポーランド語が短く響いた。

ふり返ると、ポドヴィンスカ大尉をはじめ、ドンブロフスキ技術中尉、ノヴァツク上等兵、さらにはバラノフスキ博士とニコライ、マユまでもが揃《そろ》っていた。

「悪いがポーランド語はわからん。博士はロシア語は話せないのか？」

「ワタシが通訳します。日本語でいいですね？」

シェバーリンの要求に博士に代わって、ニコライが答えた。

「そうしてくれ」

博士がポーランド語を口にした。

「わたしはあなたたちに同行します」

「あなたがバラノフスキ博士か。たしかに、我々が摑んでいる容貌《ようぼう》にほぼ合致する」

「だから、お願いです。ほかの人を助けてあげて下さい」

博士は胸の前で手を合わせた。

「我々の正体を明かしたからには、公女と博士以外の全員に死んで貰う」

部下の兵士たちはいっせいに小銃を構えた。

叫び声を上げたくとも、賢治の喉から声は出なかった。

金縛《かなしば》りにあったかのように、全身がこわばる。

背中に気持ちの悪い汗が滝のように流れ落ちた。

「いいですか。よく聞きなさい。あなたがわたしの友人たちに危害を加えたら、わたしはすぐにここから飛び降りて死にます」

博士は眉《まゆ》を吊り上げ厳しい語調で応酬《おうしゅう》した。

「自殺などさせるものか。あなたを縛る」

「縛ったって同じことです。ロシアに連れていくまでの間に、必ず死んでみせます」

「そんなことは許さん」

「いいえ、自殺します。そうすれば、あなたたちの目的は達せられない。あなたたちはわたしのなきがらが必要なわけではないでしょう」

「そうだ。博士の頭脳をトロツキー同志に捧《ささ》げるのだ」

「だったら、わたしの友人たちに未来永劫《えいごう》、危害を加えないと約束しなさい」

博士は強い視線でシェバーリン大尉を見据えて、傲然《ごうぜん》と詰め寄ったが、シェバーリンは冷たく答えた。

「我々の探しているものはもうひとつある。〈神の火〉の計算式だ。どこにある？」

博士が発明したものなのだろうが、神の火とはいったいなんだろう。

「わたしはこの場に持っていません。また、隠し場所はわたししか知りません」

「あなたも痛い目に遭いたくはないだろう。俺も博士のような方を痛い目に遭わせたくはない。それとも、ほかの誰かの身体に聞いてみようか」

シェバーリンは薄ら笑いを浮かべた。

「大尉、あなたもわからない人だ。拷問《ごうもん》にかけたら、わたしはすぐに自殺します。一緒にロシアに行きますから、どうか友人たちに危害を加えないで下さい。いまここで、もしあなたたちが、わたしの友人の生命を奪ったら、その瞬間にわたしは死にます」

「わかった……約束しよう。誰の生命にも危害は加えない」

シェバーリン大尉は吐息《とい き》を一つ漏らすと、拳銃を腰のホルスターに戻した。

「では、博士。我々と一緒に来てもらおう」

「わかりました……」

博士が前に進むと、二人の赤軍兵が両側から腕をとって拘束した。すぐに後ろ手に縛り上げる。

「世界の頭脳だ。乱暴はしないでくれ」

ポドヴィンスカ大尉が声を尖《とが》らせた。

「じゅうぶんに承知している。トロツキー同志のもとに連行するまで、公女と博士の身は我々が守る。では、諸君。失礼する」

シェバーリンはわざとらしく挙手の敬礼を送ると、短く号令を発した。

四人の部下は、二人ずつに分かれてエルマと博士をすぐ後ろに止めてある鉱車に押し込んだ。シェバーリン大尉は上着の内側から握りこぶし大で緑色の物体を取り出した。

「さらばだ！」

上部に取り付けられた紐を引き抜く。

「伏せろっ」

雪本の緊迫した声が響いた。

その場に伏せると同時に、くぐもった炸裂音が耳朶《じだ》を襲った。

きな臭い。煙が噴出したのだ。

「煙幕手榴弾《えんまくしゅりゅうだん》だ。目をつぶれっ」

すでに目は閉じていたが、鼻を襲う煙に賢治は激しくむせた。

あたりに咳《せき》やくしゃみの音が響く。

ゴォーッという地を震わせる音が響き渡った。

「くそっ、敵は鉱車で逃げたぞ」

目を開けると、十メートルほど下方に、恐ろしい勢いでインクラインを下っていく鉱車が見えた。

「雪本さんっ。追いかけましょう」

「ああ、トロッコに乗れっ」

雪本の号令に、賢治は目の前の鉱車のサイドパネルをよじ登った。

鉄錆《てつさび》の臭いが鼻を衝《つ》くカーゴ内に転がり込むと、底に貯まっていた雨水が上着の前身頃《まえみごろ》を濡《ぬ》らした。

雪本に続いてカーゴの縁からぽんと飛び降りてきたのは、琴畑マユだった。

「エルマちゃん……」

マユのしょんぼりとした声が哀《あわ》れで、賢治は根拠のない答えを返した。

「大丈夫さ。きっとエルマを取り戻せる」

ニコライが、ポドヴィンスカ大尉が乗り込み、ドンブロフスキ技術中尉が乗った。

大尉がポーランド語で短く命ずると、ムニーシェフ軍曹とノヴァック上等兵が左右の車止めを外した。二人は前傾姿勢でトロッコの後端を押し続ける。

ギギギと音を立てて錆びた車輪が回り出す。

トロッコは赤いレールの上でゆっくりと動き始めた。

軍曹と上等兵は走りながら、左右のサイドパネルに飛び乗った。

二人が乗り込んでくると、カーゴ内は人でひしめき合う状態となった。

最初はゆるやかだったレールの下り傾斜はすぐにきつくなった。

車輪を軋《きし》ませながら、スピードがどんどん上がっていく。

賢治の頭で、激しくテンポの速い旋律が鳴っている。チャイコフスキーの交響曲第四番第四楽章の冒頭だ。持っているレコード、カール・ムック指揮のボストン交響楽団版の演奏である。

カーゴの右手に選鉱所の灰色トタン張りの壁が流れるように通り過ぎてゆく。

眼下の谷あいに建ち並ぶ建物群がどんどん迫ってくる。まるで、空の上から地上に舞い降りてゆく大鷲《おおわし》の背に乗っているようだ。

斜面を滑り降りるに従って、月光を浴びたあらゆる構造物が刻一刻と大きくなってゆく。

ガタゴトとレールジョイントの音を拾うたびに、カーゴは上下に激しく揺れる。

数十メートル離れて、赤軍のトロッコが恐ろしい勢いでレールを下ってゆく。車輪から激しい火花が散り続けている。

兵卒の一人が小銃を構えた。

物がはじけるようなピシッという音が賢治の耳に突き刺さった。

「頭を出すな。お陀仏《だぶつ》だぞっ」

「約束が違いますっ。僕たちに危害を加えないって言ってたじゃないですか」

賢治は叫び声を上げた。

「公女と博士を手に入れたからには、そんな約束守る軍人はいませんよ」

雪本は吐き捨てると、拳銃を取り出した。

「どうするんですか」

「威嚇《いかく》ですよ。わたしたちが戦う気があることを示したほうがいい」

「なんのために威嚇が必要なんですか」

「いまの場合、彼らに安心感を与えれば逃げ足を速くするだけです。我々が狙っているると思えば、行動も慎重になるはずだ」

「エルマさんや博士が危険じゃないですか」

「大丈夫。ヤツらはカムチャッカ親衛隊です。虎の子を殺したりするはずがありません。必ず生きたままレフ・トロツキーの元へ連れていこうとしますよ。お二人を捕まえたのに逃がしたり殺したりしたら、忠誠《ちゅうせい》違反で罰を受けることになるでしょうからね」

やがてカーゴは谷底にひろがる建物の高さにまで下りてきた。

水平に近い姿勢となっても、カーゴのスピードは少しも衰《おとろ》えてくれない。

煙突の立つ焼却炉を過ぎ、三基並んでいる錆《さ》びた燃料タンクが通り過ぎた。

飼い葉桶に似た畳一畳ほどの桶に貯まった雨水の、さびの臭いが鼻を衝《つ》く。

雪本は急に厳しい顔つきになると、頭をカーゴの縁からそっと出した。

「このスピードだと、やっぱり敵を射殺するのは難しいな。下手をすると二人に当たってしまう」

右腕をカーゴの外に伸ばして拳銃を構えると、立て続けに三発撃ち続けた。

だぁんだぁんだぁんという発射音が鼓膜に痛みを与える。

右方向に勢いよく飛び出す薬莢《やっきょう》にも胸がドキンとなる。

ほかの者はまったく動じていないが、賢治は身をすくめざるを得ない。

もう一人、マユも縮こまっている。

何棟も続く飯場らしき建物が次々に後ろへと消えてゆく。

おおかたのガラスは割れて落ちてしまっている。

何の加工所なのか、ツタ類の絡まるトタン壁の長い棟の横を、勢いよくカーゴは通り過ぎていった。差し渡し一メートルもありそうな大型換気扇の羽根が転がっているのが目を引いた。

「敵は応射してくるぞ。みんな頭を下げて」

雪本の言葉に嘘はなく、カーゴの鉄パネルに何発も敵弾が当たった。

カーゴが身を守ってくれると信じたいが、不安は消えない。

発射音のたびに賢治の全身は板のようにこわばった。

ふたたび、雪本は三発撃った。

またも敵弾が前のパネルに立て続けに当たった。

「あ。ヤツらなにをするつもりなんだっ」

雪本が緊迫した声で叫んだ。

「どうしたんですか」

「投げ縄を用意している。まずいぞ」

「え？　投げ縄を何に使うっていうんですか」

「敵はポイントを切り替える気だ」

「転轍機《てんてつき》のことですか」

「そうです。もうすぐ選鉱所の建物が終わって、インクラインは水平に近い緩傾《かんけい》斜《しゃ》になります。そのあたりにポイントがあって、本線から左手に岐線《きせん》が出ています。ヤツらは自分たちが通り過ぎた後に、転轍機のハンドルに投げ縄を掛けて引っ張るつもりだ」

「岐線の先に何があるんですか」

「給水所だ……。だが、その向こうは崖のように見える。この速度で突っ込んだら、骨を折るくらいじゃ済まないぞ」

銃撃の音が響かないので、賢治もカーゴから顔を出してみた。

黒い鋳鉄でできた手動転轍機のレバーが線路脇の地面から斜めに突き出ている。

数十メートル先に、蔓草《つるくさ》が絡まった背の高い給水塔が月光に黒々とした影を浮き立たせている。雪本の言葉通り、その向こうは真っ暗だった。

前方を走る鉱車との距離は二十メートルほどだ。

敵が走っているあたりに分岐点がある。

兵士の一人が身を乗り出して投げ縄を宙に放った。

（外れてくれ）

賢治の願いもむなしく、投げ縄の輪はしっかりと転轍機のハンドルに引っかかった。

兵士は力を込めて縄を引っ張っている。

もう一人が加勢に入った。

ハンドルが反対方向に倒れた。

ポイントがゴトッという音とともに動いた。

「ああ、ポイントが切り替わった」

雪本の声が悲痛に響いた。

左手に分かれた岐線は給水所に向かって真っ直ぐに延びている。給水所の終わったあたりに華奢《きゃしゃ》な車止めがあって、その向こうには真っ暗な闇がひろがっている。

間違いなく断崖だ。

賢治の額から汗が噴き出した。

上下動はますます激しくなっている。トロッコのスピードは五十キロは出ているのではないだろうか。

雪本の言う通り、このままの速度で突っ込んだら、人死にが出る危険性が高い。

むろん飛び降りることもできない速度だ。

「くそっ、岐線に入ってしまった」

雪本の舌打ちが響いた。

前方の鉱車からひゅーっという歓声が聞こえてくる。

車輪から火花を散らしながら、敵の鉱車は建物の陰へと曲がっていった。

天空では丸い十五夜月が、賢治と一緒に猛スピードで動いている。

背後を振り返ると、闇が追いかけてきていた。

激しい勢いは少しも衰えてくれずに、カーゴは岐線をひた走る。

「このままだと地獄行きだ……」

給水所まで百メートルを切っている。

「この鉱車にブレーキはついてないんですよね？」

「ないみたいです」

カーゴをぐるりと見まわしたニコライの声も震えている。

「鉱石を載せるだけの鉱車にブレーキなんてないさ。制御はケーブルで行うんだ」

そのとき賢治は、レールの先に希望を見出して叫んだ。

「雪本さん、もうひとつポイント切替えがありますよ」

さっきと同じような鋳鉄のレバーが地表から生えていた。

「あるな！」

さらに左に分かれた岐線の車止めの向こうは、廃材が置かれているが、空き地になっている。

このまま進んで断崖から落ちるよりは、はるかにマシだ。

「そうだ、雪本さん。ザイル持ってましたよね。昨日、ニコライさんを引っ張った」

「持っていますが、わたしは投げ縄の訓練など受けたことがない」

そう言いながらも、雪本はルックザックからザイルを取り出した。端に手早く輪を作る。

「ニコライさん、翻訳《ほんやく》して下さい」

「わかりました」

賢治の言葉に応じてニコライは義勇軍の将卒に向かってポーランド語で呼びかけた。

「ノヴァック上等兵がトライしてみるそうです」

さっと手を伸ばし、上等兵はザイルを受け取って立ち上がった。

転轍機のハンドルは十メートルくらいに迫ってきた。

トロッコの速度は少しも落ちてくれない。

上等兵は眉間《みけん》に深い縦じわを作って、ハンドルを凝視《ぎょうし》している。

分岐点まで五メートル。

右手が挙がり、投げ縄は真っ直ぐに宙を飛んだ。

だが、勢いが強すぎたためか、先端の輪はハンドルのシャフトを通り越してしまった。
高速で移動中のトロッコからの投げ縄がどんなに難しいかは素人の賢治にもわかる。
舌打ちをしながら、上等兵はザイルをたぐり寄せた。
あと三メートル。最後のチャンスだ。
ザイルを構え直した上等兵の腕がしなやかに動いた。
風を切ってザイルは飛んだ。
自分の意思を持つかのようにするりと、輪はレバーに掛かった。
「やったぁ」
賢治は無意識のうちに大きな声で叫んでいた。
「よしっ、引けっ」
雪本はザイルに手を掛けて上等兵の後ろから引いた。
ゴトリという音とともに、転轍機のハンドルが後方へ倒れた。
首尾《しゅび》よくレールが切り替わり、トロッコは左の岐線へと鼻先を向けた。
レール終端に向かってトロッコは走り続ける。
巻かれた電線や壊れた電源トランス、ドラム缶など、広場には雑多な物が積んであった。
広場の向こうには垂直な幹がずらりと並んだ杉林が壁のように立ちはだかっている。
できれば、林の手前の広場内で止まって欲しい。
賢治は祈るように両の手を組んだ。
「衝撃に備えっ」
雪本の号令が響いた。
どうしていいかわからない賢治は、仕方なく頭を抱え込んで防御の姿勢をとった。
木の板を破る音を響かせながら車止めが砕け散った。
激しい上下動が賢治を襲った。
トロッコがレールを飛び出たのだ。
車輪が跳ね飛ばした泥の塊《かたまり》が、頭から降ってきた。
ガガガッという激しい音が響いた。
もうもうと砂煙が上がってトロッコは止まった。
「間一髪《かんいっぱつ》でしたね」

「ノヴァック上等兵に感謝しなければな」

雪本が笑顔を浮かべて親指を立てると、上等兵は歯を剝《む》き出してニッと笑った。

「一難は去ったが、問題は何も解決していない……お二人を奪還しなければなりません」

重々しい雪本の言葉を、ニコライがすぐに翻訳すると、義勇軍将兵も大きくうなずいた。

「マユちゃんのような道案内のいない彼らは、笛吹街道を行ったとみるべきでしょう。すぐに後を追いましょう」

賢治の言葉に雪本は難しい顔を見せた。

「彼らも訓練された軍人です。追いつけるかどうか……」

「追いつくしかないではありませんか」

二人のやりとりを見ていて、ドンブロフスキ技術中尉が口を開いた。

「たぶん……博士が何かします」

「どういうことですか、ドンブロフスキ中尉」

雪本は真剣な顔で訊いた。

「行軍を遅らせるために芝居します。お腹が痛いなどと訴えます」

「なるほど、我々に追いつかせるために、ボリシェヴィキの行動を鈍《にぶ》らせる演技をするというのですね」

「はい。必ず何かします」

「よしっ、となればすぐに出発だ」

一行八名は、鉱山の正門から出て山道を下り始めた。

ほどなく、月光に照らされた笛吹街道が左右に延びている辻に出た。

右に折れて坂道を上ってゆけば集落はなく笛吹峠に至る。左に下れば、大口、能舟木《よないぎ》、中村という小さな集落を経て橋野、栗林、鵜住居と続き、大槌で海へ出る。

笛吹街道は砂利舗装などは施されていない土の路面となっていた。

「足跡だ。敵の集団は七名もいる。同じ方向への複数の足跡があるはずだ」

雪本の言葉に違《たが》わず、足跡がいくつも残されていた。

「爪先《つまさき》は下りの大槌湾方向へ続いている」

雪本は腰をかがめて地面を仔細《しさい》に観察しながら言った。

「おお、彼らは海に出るつもりですね」

ニコライの声が弾《はず》んだ。

「うん、間違いない。下りで決まりだ」

雪本はきっぱりとした声で断言した。

「もし、中尉の言う通りバラノフスキ博士が一行の足止めをしているとして、彼らはどこにいるのだろう。この先、人家があるのは七キロほど下った中村という集落ですね」

賢治は地図を拡《ひろ》げて見入った。

「集落は避けるでしょう」

雪本は地図の上で笛吹街道を指で辿《たど》った。

「マユちゃん、この下に、人がいないような建物はないかな……さっきの鉱山みたいな場所のことだけど」

賢治の問いにマユは空を仰《あお》いでしばらく考えていた。

「この先に……大きな工事してた場所があると思うども。土淵村からも働きにいってる人がいた」

「工事か……ああ、そういえば発電所が建設中だったな」

「釜石鉱山は傾いているのに、発電所など造れるのすか」

「いいえ、田中鉱業という別の会社です。横浜の生糸《きいと》貿易商で明治の元勲《げんくん》たちと親しく『天下の糸平《いとへい》』と呼ばれた田中平八《たなかへいはち》の二代目が興《おこ》した会社で、鷲《わし》ノ滝《たき》発電所を橋野村の奥に建設中だと聞いています」

「雪本さん、詳しいすな」

「わたしは今回、遠野水力電気会社の取材で花巻を出てきたんですよ。このあたりの電力事情は調べています」

「そうでした。そうでした」

「鷲ノ滝発電所は、この夏は休工になっているんじゃなかったかな……でも、飯《はん》場《ば》や詰所などもあるでしょうし、まずは怪しい場所ですね」

「とにかく行ってみましょう」

「雪本サン、賢治サン、希望が見えてきました」

ニコライは明るい声を出すと、義勇軍将兵に鷲ノ滝発電所を第一目的地とする計画を説明した。

賢治たちは周囲に気を配りながら、街道を歩き始めた。

あたりに伏兵《ふくへい》がいる恐れもある。

「月が明るいですね」

「だから、公女の国外退去作戦にこの日程を選んだのです。明日は天文学的な満月です。この時期は夜間の移動にはもってこいですからね……まさか、こんな邪魔が入るとは思わなかった」

雪本は鼻から息を吐いて嘆息《たんそく》した。


【2】


青《あお》ノ木《き》川を高巻きにする笛吹街道を少し下ると、左手に熊笹《くまざさ》の中を谷底へ下りる道が分かれていた。

木々の間から建物の赤っぽいトタン屋根が見え隠れする。

期せずして全員は立ち止まって対岸へ視線を移した。

「あれですね。発電所の工事現場というのは」

ニコライが目を細めて谷底を見ながら言った。

「間違いないな……ニコライさん、また通訳を頼みます」

雪本は義勇軍の将兵に向き直った。

《わたしが斥候《せっこう》（偵察）に出ますが、もう一人、どなたかに同行して欲しい》

《わかりました。わたしが行きましょう》
ポドヴィンスカ大尉が即答した。
《いや、大尉にはわたしに万が一のことがあったときに全員を束ねて貰いたい》
《わたしが行きましょう》
ドンブロフスキ技術中尉が名乗り出た。
《では、中尉にも来て欲しい》
賢治は黙っていられなくなった。
「雪本さん、僕も行きます」
「あなたは軍人ではない。危険です」
「危険は承知の上です。僕はエルマを救いたいのです」
雪本は黙って賢治の顔を見ていたが、やがて何かに思い当たったようにうなずいた。
「わかりました。では、三人で偵察に出ましょう。ほかの皆さんは、ここで待機していて下さい」
雪本に続いて賢治たちも歩き出した。
笹藪《ささやぶ》の中の道は街道よりいくぶん狭いものの、荷車が通れるしっかりした作りだった。

谷底へ下りると、音を立てて青ノ木川が流れていた。

月光に瀬が白く光っている。

対岸には、無数の資材に囲まれて大小二つの木造の建物と便所らしい小屋があった。

下流方向から電灯線らしき架線も引かれているが、灯りは点《とも》っていない。

小さな木橋がこちら岸と対岸をつないでいる。

「音を立てないように、橋は一人ずつ渡りましょう。ゆっくりと」

雪本を先頭に三人は足音を忍ばせて木橋を渡った。

「大きい建物から偵察しましょう。ここからは……」

ささやき声で言うと、雪本は唇《くちびる》に人差し指を当てた。

崖に張りつくようにして建つ二つの建物は、しんと静まりかえっている。

右手の建物の正面には、板の引き戸をはさんで二箇所の窓があったが、すりガラスがはめ込まれていて内部は見えなかった。

左手の建物はずっと小さく倉庫のようなたたずまいを持っている。

拳銃を手にした雪本は建物の右の東側面に廻《まわ》った。

賢治も後に続く。なぜか中尉は従いてこなかった。
東側のガラスは幸《さいわ》いにも透明だった。
窓の縁からガラス窓にそっと顔を寄せると、建物内には数人の人影が座ってい
た。
目を凝《こ》らすと、全部で七人の人影がぼんやりと認められる。
北側の壁を背にした二人の影が月光に照らし出されている。
小柄な男女だった。二人とも縄で縛られている。
博士とエルマに違いない。
(いた！　ここだ！)
賢治と雪本は顔を見合わせてうなずき合った。
誰もが彫像《ちょうぞう》のように動かない。
とつぜん、小柄な男が前のめりになって、うめき声を上げ始めた。
一人の大柄な男が静かな声で何かを語りかけている。
中尉の言う通り、バラノフスキ博士は、腹痛の演技をしているようである。
建物の中はおおむね十畳一間。入口は正面の南側に一箇所だけだった。窓はい
ま賢治が覗《のぞ》き込んでいる東側と反対の西側に一箇所ずつ。それぞれが地上から

一・五メートルほどの高さの腰高窓である。

雪本が賢治の肩を軽くさわってこの場からの退出をうながした。

建物正面に戻ると、中尉は前庭の資材をさわって何かを確かめている。

大きく右手を振って、雪本は退却命令を出した。

中尉は両手に一メートルほどの長さの鉄管を手にしていた。

賢治たちは息を止めるようにして対岸に戻った。

街道へ戻ると、残りの者たちは不安と期待に満ちた表情で待ち構えていた。

雪本は笑みを浮かべながら、ニコライの肩をぽんと叩いて通訳をうながした。

《この下の建物に、公女と博士は無事でいる》

全員が小さく息を吐いた。

《奪還作戦を検討したい》

《我々義勇軍の全員が生命を懸《か》けます》

ポドヴィンスカ大尉は背を伸ばして言った。

《問題は火器の違いです。敵は拳銃一丁と小銃五丁で武装しています。大尉、義勇軍には軍曹の持っていた拳銃がありますよね？》

大尉は冴《さ》えない顔で首を振った。

《わたしと軍曹が一丁ずつ持っていますが、実は、すでに弾丸が尽きています》
《何ミリの銃弾を使いますか？》
《ナガンＭ一八九五型ですので七・六二ミリです》
《わたしのはＦＭブローニングＭ一九一〇型だが、九ミリ弾を使うタイプなので共用できませんね》
　雪本が舌打ちすると、大尉は肩を落とした。
《そうですね……となると、こちらには拳銃は一丁しかないわけです。これでは正面から攻め込むことは不可能だ》
《さらにむやみに銃を撃てば、公女や博士が流れ弾に当たる恐れもあります》
大尉の言葉に雪本は深くうなずいた。
《わたしに考えがあります》
　ドンブロフスキ技術中尉の声が響いた。
《建物のまわりには、かんなくずが積んであります。これに火を付けましょう》
《火なんか付けたら、エルマさんや博士が危険でしょう》
　強い調子で賢治は反論した。
《あの建物の前には、建設用具などを洗浄するための高圧水流のホースがあります。これを用いるのです。動力式ではなく、高低差を利用した設備だと思いますが、ちょっとバルブを開けただけでも大変な水圧です。これはわたしの直感ですが、六キログラム平方センチくらいの水圧は出そうです》
《ホースを消火に使おうというのですか》
賢治が訊くと、中尉はほほえみながら続けた。
《それは第二の用途です。第一の用途は攻撃です。真正面から水流をぶつければ、敵兵は吹き飛ばされるか、大怪我《おおけが》をするはずです。高圧水流をまともに顔に受ければ、失明の恐れさえある。訓練された軍人なら、まず我が身を守ろうとするはずです》
《中尉、作戦の概要を説明して下さい》
雪本が急《せ》いた。
《まず、かんなくずに火を付ける。敵は驚いて飛び出してくるでしょう。第二に、出てきた敵兵を高圧ホースで攻撃する。頃合いを見てホースを燃えている火に向けて消火する。正面側にはホースを支える者が二人は必要です。さらに、ノヴァック上等兵がこれを投石によって補佐する》
《なるほど……それで人質の奪還はどのようにしますか》

雪本は身を乗り出した。
《左右側面の窓ガラスを割って室内に侵入します。小銃は室内では誤射の恐れがあって使えませんから、敵の火器はシェバーリン大尉が持っている拳銃一丁でしょう。雪本少佐に対抗してもらうしかありません。室内に残っているほかの者には、これで対抗して下さい。襲撃組は三名ですね》
現場から拾ってきた鉄管を、中尉は両手で差し上げてみせた。
《さらにもう一人が人質の縄を解き、救出します》
《現実味のある作戦だ》
雪本はうなった。
《本作戦の勝敗は、雪本少佐の射撃の腕に懸かっています》
中尉は雪本を見つめながらにこやかに言った。
《わたしは射撃には自信がある。シェバーリンなどには負けませんよ》
《では、この作戦は必ず成功する》
中尉の声には自信があふれていた。
《よしっ、この作戦で行こう……配置だが》
雪本は棒きれを拾うと、地面に建物の略図を書いた。

《ホースによる攻撃隊はドンブロフスキ技術中尉とニコライさん。さらにノヴァック上等兵が投石により援護する》

雪本は棒きれで略図を指しながら言った。

《室内潜入組はわたしが拳銃、ポドヴィンスカ大尉とムニーシェフ軍曹が鉄管、宮沢さんは人質救出という分担でどうでしょう。火を掛けるのは正面攻撃組が実行する》

《まことに結構だと思います。わたしとニコライさんの二人にホース攻撃はまかせて下さい。正面ホース組はあくまで陽動作戦です。火に驚いて何人が飛び出してくるかわかりませんが、実際の戦いは側面からの潜入組が中心となるはずです》

《建物に向かって右側の窓にわたしと宮沢さん。左側にポドヴィンスカ大尉とムニーシェフ軍曹。わたしがシェバーリン大尉を撃った後、大尉と軍曹が室内に残ってる兵士たちを鉄管で攻撃する》

《了解です》

《おまかせ下さい》

二人の軍人は歯切れよく答えた。

《その隙《すき》に宮沢さんが人質の二人を縛っている縄をナイフで切る。もし、正面側の敵がホース組の手に余るようなら、わたしが背後から拳銃で撃つ。退却はわたしが号令します》
《相手を殺すのですか》
賢治の声は震えていた。
《これは全員に意識してもらいたいのだが、自分の生命が危険な場合を除き、怪我をさせるに留めて欲しい。ボリシェヴィキを殺すと、後々面倒な国際問題に発展しかねないですからね。さらに、全員を縛り上げて行動の自由を奪ってから退却したいです。皆さん、よろしいですか》
全員がそれぞれの言語で「了解」と答えた。
ドンブロフスキ技術中尉の能力に賢治は感心していた。花巻教会にいた頃のイワンとはまったく別人としか思えない。
雪本が日本語で呼びかけた。
「そうそう、宮沢さん。鉱物ハンマーを持っていませんか」
「ええ、地質調査に使いますから」
「わたしがシェバーリン大尉を狙撃する前に、ガラスをハンマーで割ってくれませんか」

「僕がですか」

賢治はなかば呆然《ぼうぜん》と訊き返した。

相当なプレッシャーだ。タイミングを間違えたら、逆にシェバーリン大尉の拳銃が火を噴く。

「ええ、わたしがハンマーを使ってから拳銃を構えていたら、間に合いません」

「わ、わかりました……」

理屈はよくわかる。賢治は承諾《しょうだく》せざるを得なかった。

エルマを助けるためなら、これぐらいのことは何でもない……はずだ。

「マユちゃんはここで待っていてね」

雪本は優しく言ったが、マユは大きく首を振った。

「われも橋のところで応援する」

「危ないからダメだよ。ここにいてくれ」

雪本のいささか強い口調に、マユは小さくうなずいた。

「わかったす」

マユを除いた全員が橋のたもとに着いた。

ポドヴィンスカ大尉とムニーシェフ軍曹は鉄管を手にしている。ドンブロフスキ技術中尉とニコライはオイルライターを、賢治は鉱物ハンマーとポケットナイフを手にしていた。

《では、まず室内潜入組が橋を渡って配置につきます。火が付いて何人かが飛び出したところで、ガラスを割ってわたしが室内に発砲します。シェバーリンが倒れたところで、潜入組は次々に室内に入ります》

雪本が先頭に立って、木橋を渡った。

あたりには相変わらず、青ノ木川の瀬音だけが響き続けている。

雪本は足音を立てずに、素早く建物の側面に忍び寄った。

賢治は早足に雪本の背中を追った。

すでに雪本は窓の右手の壁に肩をつけて、銃口を室内に向けて構えている。

賢治は雪本をまねて、反対側の左の壁に肩をつけた。

室内を覗くと、人影は静かに座り続けている。会話も聞こえない。

外の気配に気づいている者はなく、もちろん銃を取り出しているようすもなかった。

東側の窓の左右に待機して、賢治たちは火の手の上がる時を待った。

あたりの空気が張り詰めている。

賢治の喉はカラカラに渇いていた。

背中を冷や汗が流れ落ちる。

たいした時間が経過しているはずはない。おそらく、五分も経っていないだろう。

だが、シェバーリンたちが気づくのではないかと思うと、賢治には何時間にも感じられた。

やがて左手の方向がぼんやりと明るくなった。

室内で野太い叫び声が上がり、二人の男が引き戸を開けて外へ飛び出した。

大柄な男が立ち上がった。

雪本が険しい目つきで、窓へあごをしゃくった。

賢治は身体を二枚の窓の真ん中あたりに移した。

室内の男と目が合った。

全身がこわばるのを懸命に抑えつける。

賢治は右腕を伸ばした。

力を込めてハンマーをふるう。

大きな破砕《はさい》音を立てて、真ん中の桟《さん》だけを残してガラスが飛び散った。
賢治はさっと身を縮めて、窓の下にうずくまった。
次の瞬間、耳もとで拳銃の発射音が響いた。
硝煙《しょうえん》の煙が漂う。
キーンという音が内耳を襲った。
飛び出した薬莢《やっきょう》が、足元に溜まった水に落ちてジュッと音を立てた。
全身の震えを抑えることができない。
「ハンマーをよこせっ」
雪本の命令に賢治は、なんとか立ち上がった。
ハンマーを渡すと、雪本は窓の桟を力任せに叩き割って室内に飛び込んだ。
身体を動かすことができずに、賢治は窓の外で突っ立ったままだった。
室内では大柄な影が左手で右肩を押さえて膝を突いている。
シェバーリン大尉だ。
大尉は腰のホルスターから拳銃を抜こうとする。
雪本は撃てない。
大尉の後ろには公女と博士が震えているのだ。

ここで撃てば、二人に当たる可能性が高い。

賢治の額《ひたい》に汗がどっと噴き出した。

(なんとかせねば……)

とっさに賢治は右手にあったハンマーを構えようとした。

生まれてこのかた、人を傷つけたことのない賢治だ。いくら敵とはいえ、誰かに怪我《けが》をさせるのはこわい。

手が震える。足が震える。

必死でハンマーを構えた瞬間、足元の石ころに蹴つまずいて身体のバランスが崩れた。

前のめりになった身体を立て直そうと、賢治はもがいた。

ハンマーが賢治の意志とは無関係に手を離れた。

「じゃじゃじゃ!」

鉄の塊は、水平になって斜めに飛び、雪本の右肩を飛び越え、シェバーリンの胸に向かって空《くう》を切る。

「うわっ」

シェバーリンは飛んでくるハンマーを避けようと身体をひねった。

ハンマーはあらぬ方向に飛んでいって壁にぶつかり床に落ちた。

この機を逃さず、雪本はだっと間合いを詰めて、大尉の腹に蹴りを入れた。

「ぐおおっ」

大尉が前のめりにしゃがみ込んだ。

「うおーっ」

一人の大柄な敵兵が叫び声を上げながら、小銃を逆さに持って雪本に飛びかかってきた。

姿勢の安定しない雪本は、顔を左腕で防御するのが精いっぱいだった。

雪本の頭上に銃床《じゅうしょう》が振り下ろされる。

(頭が割られる!)

次の瞬間、敵兵は小銃を取り落としてぐにゃっと崩れた。

背後でムニーシェフ軍曹が鉄管を構えていた。

軍曹は立て続けに敵兵の背中に鉄管を振り下ろした。

悲鳴を上げ続けていた敵兵は、しばらくするとうつ伏せになったまま動きを止めた。

床に転がっているシェバーリン大尉の横腹に、雪本は蹴りを入れ続けた。

ぼすっぼすっという気味の悪い音が響く。

部屋の奥ではポドヴィンスカ大尉が、固太りの敵兵と鉄管と小銃を構えて睨《にら》み合っている。

両者の間合いは六メートルほどだ。

ムニーシェフ軍曹がやおら、鉄管を握った右腕を肩の後ろに構えた。

空《くう》を切る音とともに、鉄管は部屋の東端から西端へと真っ直ぐに飛んだ。

突き刺さりそうな勢いで、鉄管が敵兵の脇腹に当たった。

敵兵は叫び声を上げて、横へすっ飛んだ。

大尉がすかさず、鉄管で敵兵の肩を思いっきり殴った。

敵兵は倒れ伏した。

室内には三人の敵兵のうなり声が響く。

雪本は、シェバーリン大尉のホルスターから拳銃を抜き取って左手に持った。

ポドヴィンスカ大尉とムニーシェフ軍曹は敵兵の小銃を拾い上げた。

外では叫び声が響いている。

雪本は建物から出ていきながら叫んだ。

「宮沢さんっ、お二人の縄を解いてくださいっ」

呪縛《じゅばく》から解けたように、賢治は窓から室内に飛び込んだ。

「エルマさん、博士、大丈夫ですか」

二人はそろって小さくうなずいた。

「どこも怪我してないすな」

二人とも傷などは負っていないようだった。

転がってうなっている三人に警戒の視線を注ぎつつ、ポケットからナイフを取り出して、賢治は二人を縛《いまし》めている荒縄を切った。

「大変でしたね。もう心配ありません」

エルマと博士は、立ち上がって頭を下げながら感謝の言葉らしきものを口にした。

あわてて外へ逃れようとするエルマを賢治は手で押しとどめた。

「外の戦いが収まるまで、ちょっと待ちましょう」

落ちていたハンマーを拾って、賢治は右手でハンドルを握りしめた。

しばらくすると、雪本が入口から姿を現した。

「もう大丈夫です。表の二人も片付きましたよ」

「怪我をした人はいないですか」

「大丈夫。誰も怪我などしていません」

「ドンブロフスキ中尉の作戦勝ちですね」

「ええ、彼は大した作戦参謀です」

雪本は白い歯を見せて笑った。

「こいつらを縛ります」

雪本は手にしていたロープを巻いた輪をかざしてみせた。

「外へ出ましょう」

賢治はエルマと博士に手振りでうながした。

緊張が去っていないためか、エルマも博士も唇を引き結んだままの硬い表情を崩してはいない。それでもエルマの瞳は生き生きとした光を取り戻していた。

建物の前庭には、すでにロープでぐるぐる巻きに縛り上げられた二人の敵兵が転がっている。

シェバーリン大尉をはじめボリシェヴィキの将兵たちは、彫《ほ》りは深いが日本人とよく似ている容貌《ようぼう》を持っていた。

月光に照らされた前庭の二人は菜っ葉服を着ているし、このあたりの鉱山か工場の工員にも見えなくはない。岩手人でもとくに海岸地方には、こうした彫りの深い男たちが少なくない。
雪本は兵たちの小銃を岩に叩きつけてから川へ捨てた。
用済みになった鉄管は、その場に放り出された。
賢治たちは意気揚々《ようよう》と、木橋を渡って引き揚げた。
対岸の橋のたもとに、マユがぽつんと立っていた。
心配に耐えきれずに、坂道を下ってきたのだろう。
「後ろっ」
橋のたもとでマユが叫んだ。
ふり返った賢治は全身が凍《こお》りついた。
雪本の背後で、シェバーリン大尉が鉄管を振り下ろそうと構えている。
賢治の目の前を黒い塊が飛んだ。
うなり声を上げてシェバーリンは、後ろへすっ飛んだ。
ノヴァック上等兵が石を投げつけたのだ。
三人の軍人が折り重なるようにして、シェバーリン大尉を拘束した。
軍曹は大尉の身体を引き起こすと、軍靴で腹を何度も蹴った。
ぐふっという声を上げて、大尉は前のめりに倒れた。

「往生際《おうじょうぎわ》の悪い男だ」

雪本はどすのきいた声で吐き捨てると、シェバーリンを両手で抱えて川に突き落とした。

派手な水音を立てて、黒い影が流れに呑《の》み込まれた。

いかに敵とはいえ、自分たちがシェバーリンの生命を奪った事実はつらすぎた。賢治は川から目を背けた。

「マユちゃん、ありがとう。おかげで助かったよ」

雪本は、打って変わって愛想《あいそ》のよい声でマユへの賛辞を口にした。

マユはこわばった顔で雪本を見ながら無言であごを引いた。

「街道へ戻りましょう」

あたりに響く赤軍兵たちのうめき声を賢治は聞いていたくはなかった。


【3】


木橋を渡って笛吹街道への坂道を登ったところで、全員が輪になった。

「鉱山まで戻ると相当な時間のロスだ。もとのルートへ戻っているわけにはゆかなくなってしまった」

　雪本は額にしわを寄せた。

「でも、笛吹街道は危険なのでしょう?」

　ニコライが不安げな声を上げた。

「とくに橋野と鵜住居の集落は避けたいのです。通報されて海に出る前に巡査に待ち受けられたら困る。日本の警察と戦闘をするわけにはいきませんからね」

「うーん、困ったな」

　うなっている賢治の袖《そで》をマユが引っ張った。

「マユちゃん、どうした?」

「たしか、もとの道に戻れる道があったと思うども」

「教えてくれないか」

　雪本も声を弾ませた。

　賢治は地図を拡げてマユに見せた。

「ここが青ノ木川と赤芝川の出合《であい》だべ」

　マユは二つの川が合流する地図の一点を指さした。いまいる場所から数百メートルほどと推察された。

「出合から少し下ったところに左に折れる山道があるはずだ。そっから赤芝川を遡《さかのぼ》っていけば、最初に行こうとした初神沢沿いの道に出るはずだ」

「マユちゃん、ここに道があるって言うんだね」

「あったはずだ……むかし、種戸の祖父さまが狼《おいの》に追っかけられて逃げたって道があったはずなのす」

「狼《おおかみ》とは穏《おだ》やかじゃないね。でも、その道を行くしかないでしょう」

雪本の言葉に賢治は地図に視線を落としながら、大きくうなずいて答えた。

「およそ八キロメートルで、宿泊予定の赤内森の谷地に出ますね」

「もとのルートよりむしろ短いですね」

ニコライの言葉に、マユはしょんぼりと答えた。

「さっきは、笛吹街道さ出ねぇで、大槌さ出るっていう道を教えたんだ」

「そうだね。マユちゃん。敵を追って笛吹街道を下った分、最初の道より距離を稼《かせ》げたってわけだよね」

「そんだよ」

「魔法のようだ。素晴らしい」

ニコライの両手で手を握られると、マユは照れくさそうにあごを引いた。

「八キロはどのくらいで踏破《とうは》できるかな」

雪本は地図に目を凝《こ》らした。

「険《けわ》しい山道だとすれば、まず、四時間はかかるでしょう」

等高線の幅の狭さから、賢治の脳内には深い谷あいを辿る道が見えている。

「赤内森の湿地帯に辿り着くのは明け方頃だな」

気難しげな雪本の表情に、ニコライがエルマに何ごとかを問いかけた。エルマはフランス語で短く答えた。あくまで日本語がわからないふりをし続けている。

「ナターリア公女は朝まで歩けると仰《おお》せになっていますよ」

ニコライの言葉に雪本も眉を開いた。

だが、賢治は重要なことに気づいた。

「問題がひとつあります。今日は十五夜です。月が三時半頃には沈んでしまいます。そうなると、視界がきかず行動不能になります」

「そうか、朝まで歩くわけにはいかないんだな。仕方ない、月が隠れたところでビバークしましょう」

続けて雪本は義勇軍の将兵に向かって声を掛けた。ニコライが翻訳する。

《では、出発します。約三時間強、険しい山道を行きます。月が沈んで視界がき

かなくなったところでビバークです》

《雨は降りそうにない。神は我らの味方だ》

ポドヴィンスカ大尉は、空を見上げながら堂々とした声音で言い放った。

義勇軍の将兵たちはそろって歓声を上げた。

みんなクタクタに疲れ切っているはずである。ボリシェヴィキとの戦いに、誰もが生命懸けだった。

カムチャッカ親衛隊が現れてからの時の流れは速すぎた。

だが、公女と博士を無事に国外退去させるという大きな目的の前に、この場にいる全員が体力の限界を忘れているのだ。

マユを先達《せんだつ》として、九名の男女は、分岐点を目指して笛吹街道を下り始めた。

赤芝川が作った狭い峡谷《きょうこく》沿いの山道は、賢治の予想通りの険しさを持っていた。

おおむね左岸を高巻きにしている道だった。例によって、ところどころで高度感のあるトラバースが現れた。ニコライがしばしば立ち止まってしまったが、軍曹と上等兵が介添《かいぞ》えして何とか前に進んだ。

左手遠く権現山の向こうに十五夜月は大きく傾いていた。

賢治たちの気配に驚いたか、目の前の崖に生えているケヤキの大木から、バサバサと羽音を響かせて一羽の大きな鳥が飛び立った。

白い斑紋《はんもん》が目立つ褐色の羽が月光に浮かび上がって西の空へと飛んでゆく。

フクロウだった。

（太古からフクロウはああして太い枝に止まってものを考え続けていたんだべか）

賢治はこの森の生まれたときからいままでの物語を、森に住むフクロウたちに尋ねてみたくなった。

二キロ半ほど進むと、右手に谷が現れて、細い沢が赤芝川に流れ込んでいる。

「初神沢だ……」

月光に白く輝く合流地点のしぶきを眺《なが》めながら、賢治はつぶやいた。

「ハツカミはおそらくアイヌ語です。ハツは果実を意味します。ことにヤマブドウの実を指すことが多いです。カミはおそらくは肉を指します。はっきりとはわかりませんが、この辺り一帯はヤマブドウが生《な》り獣肉が獲れた場所なのではないでしょうか」

ニコライは楽しげに頬をふくらませた。

「岩手にもアイヌ語は多いのすか」

賢治には驚きだった。

「北海道ばかりでなく、北東北地方にはアイヌ語由来の地名や単語が数多く残っています。たとえば、バッケという言葉が岩手にありますね」

「フキノトウのことですね」

「アイヌの言葉ではパケです。明らかにアイヌ語由来です」

「ニコライさんはアイヌ語にもお詳しいのですね」

「アイヌの言葉に興味を持ったので小樽《おたる》に住んでいます。そういえば、いま、ボリシェヴィキと戦っているポーランド第二共和国を創設したユゼフ・ピウスツキ国家元首の兄であるブロニスワフ・ピウスツキ氏は文化人類学者ですが、アイヌ研究の第一人者としても知られているのですよ」

「そうなのすか！」

「わたしのペトログラード大学の先輩ですが、皇帝アレクサンドル三世の暗殺計画に連座して、北樺太に流刑《るけい》になったのです。それからアイヌ研究を始めたのですが、日露戦争後は日本に住んでいて二葉亭四迷《ふたばていしめい》氏や大隈重信氏とも交流がありました。その後ヨーロッパに渡ったという話ですが……」

「いや、ポーランドと我が国にはいろいろと関わりがあるんですね」

少しも知らなかった。いつか必ず樺太を訪ねてみよう。賢治はつよく思った。

左に赤芝川を見送って、シダの多い崖下に続く初神沢沿いの道へ分け入った。

流れの速い沢沿いの道は、岸辺ギリギリで細かった。高度感はないが、うっかり足を踏み外したら、泳ぐことは難しく急流に呑み込まれてしまうだろう。

谷あいで月の光も届きにくい。賢治たちは一列になって慎重に足を運んだ。出合から一キロ半ほど進むと勾配がゆるやかになり、道幅も二人が並んで歩けるほどになった。

さらにしばらく進むと、ススキが波打つ小さな原に出た。

原の入口付近にうち捨てられた小さな杣《そま》小屋があった。

あたりの適当な木を切ってわら縄で縛って骨組みとし、屋根も壁もススキで葺《ふ》いた吹き飛びそうな小屋掛けだった。

「これは最初に仮眠予定にしていた小屋じゃないね」

雪本は正しい。赤芝川に沿って歩き始めて、おそらく四キロ強だろう。予定の半分を消化したに過ぎない。

月は左手後方の山の端《は》に隠れようとしている。

時計の針は午前三時頃だった。

「もうそろそろ真っ暗になりますよ。みんな疲れているでしょうし……」

「そうですね……」

賢治の言葉に雪本はあごを引いて、全員に指示した。

《ここで仮眠をとることにしましょう。三時間ほど休みます》

雪本の言葉に、その場にホッとした空気が流れた。

「これより暗くなったら危ないです……」

フラフラと最後に歩いてきたニコライが、いちばん安心しているようだった。

賢治自身も正直、限界だった。

菰《こも》をまくって中へ入ってみると、六畳ほどの広さしかない上にゴザを敷いただけの床だった。

それでも、遮蔽物《しゃへいぶつ》の中に身を隠すことができて、ホッとしたことは事実だった。

《わたしが最初の不寝番《ふしんばん》だ。義勇軍が交替で当直に立つ。少佐、拳銃をお借りしたい》

ポドヴィンスカ大尉は静かな声音《こわね》で請《こ》うた。

《申し訳ない。わたしは明日のために少し休ませてもらう》

雪本は拳銃を取り出しながら、頭を下げた。

大尉は笑顔で敬礼をすると、拳銃を受け取って小屋の外へ出ていった。

残りの八人は身体をくっつけるようにして眠るほかはなかった。

それでもエルマと博士には遠慮して、壁際にいくばくかのスペースを確保した。

雪本が乾パンと氷砂糖を配り、一同は水とともに流し込んだ。川沿いの道だっただけに、水だけはたっぷりと皆の水筒に満たされていた。

賢治は急な睡魔《すいま》に襲われて寝入ってしまった。

ふと、顔に当たる風を感じて、賢治は目を開いた。

どれくらい時間がたったのだろう。

外には青い薄明《はくめい》が兆《きざ》している。

小屋の中がかすかに見通せた。

ほかの者たちはそれぞれぐっすりと寝入っている。

大柄なムニーシェフ軍曹のいびきが低く響いている。

ポドヴィンスカ大尉も入口付近の柱に背をもたれかけさせて頭を垂《た》れていた。

ドンブロフスキ技術中尉の姿が見えないので不寝番を交替したのだろう。

しかし……。

賢治はエルマがいないことに気づいた。

気になって起き上がり、賢治は小屋を出た。

明け方前のわずかな光にススキの穂が鉄紺色に照らされている。

入口を出たところに中尉が拳銃を手にして座っていた。

「お疲れさまです。エルマ……いや、ナターリア公女は？」

「眠れないそうです。あんな小屋では無理もありませんね。あちらにいらっしゃいます」

中尉は三メートルほど離れたヤマモモの木を指さした。

エルマがこちらへ背を向けてぼんやりと立っている。

エルマの姿を見て、賢治の胸は締めつけられるような気がした。

いたわしいと思った。

こんな見も知らぬ山奥の杣小屋で泊まるなど、彼女の人生にあってよいことではない。

革命前まではなに不自由なく育った公爵令嬢なのである。

だが、エルマはひと言の弱音も吐かないでいる。

それが賢治には、ひどくいたわしく思われるのだった。

ペトログラードを逃れて、この地に辿り着くまでに彼女が味わってきた苦労は、想像を絶するものだったのだろう。

時計を見ると、まだ四時半を少し回ったところだった。一時間半ほどしか寝ていない計算になる。

「ナターリア公女」

賢治は小声で呼びかけた。

「宮沢さん……」

驚いたようにエルマはふり返ると、中尉に口の動きを見られないような方向へ顔を向けた。

「エルマと呼んで……」

「ああ……でも、仮の名ではないのですか」

「そう……エルマはフィンランドにいるラムステット博士のお嬢さんの名前です」

「では、なぜ……」

「父も兄も殺され、わたしと母と妹は……兵士たちにひどい目に遭わされました」

「つらいことがあったのですね……」

「わたし、ふつうの家に生まれたかった」

賢治は言葉が出なかった。赤軍の兵士たちが公女母子をどのように扱ったかは聞くまでもなく想像できた。

「母や妹とは生き別れになっています。わたしはこの世でただ一人……もし、わたしが本物のエルマさんのようにふつうの家に生まれていたら、こんなに苦しい目に遭うことはなかったでしょう」

エルマは長いまつげを伏せた。

「涙というものは出なくなるのですね」

顔を上げた公女は静かに口元に笑みをたたえた。

——あかつきの　琥珀《こはく》ひかれば　しらしらと　アンデルセンの　月はしづみぬ

胸がつぶれそうになって、賢治は自作の短歌を口にした。

「宮沢さんの詩ですか」

「はい……日本の定型詩です。二年前に詠《よ》んだものです。月が沈むようすに心ときめいて」

「アンデルセンが出てきますね。わたしも子どもの頃に読んだわ。人魚姫が好き」

「とても悲しいお話ですね」

「ええ……でも美しい」

——あかつきの　こはくひかれば　白鳥の　こゝろにはかに　うち勇むかな
「白鳥の王子ね」

「そうです。僕はいつか童話を書こうと思って、アンデルセンをたくさん読んでいるのです」

「素敵！　宮沢さんの童話を読んでみたい」

エルマの顔にかすかな笑顔が浮かんだ。

「あなたと博士のことを、皆が大切にしています。お二人を自由の国、アメリカへ逃がそうとしている」

「それは違います」

エルマは硬い表情に戻って首を振った。

「どう違うというのです？」

「公女と博士のお二人は、共産主義を恐れる人々に利用されるためにアメリカに行くことになるのです」

とつぜん賢治の背後から男の声が響いた。

ニコライのようなきれいな発声だが、声がやや低い。

ふり返ると、ドンブロフスキ技術中尉が立っていた。

「中尉。あなたはそんなに日本語が上手なのですか」

賢治の声は裏返った。

「ははは、実ははるか昔に覚えました。あまり得意だと怪しまれると思いましてね」

「嫌だなぁ。イワンを名乗っていたときは片言だったし、正体を明かしてからもわざと下手くそに喋《しゃべ》っていたのですね」

「申し訳ない。公女と一緒ですよ。我々外国人はあまり日本語をうまく話せないほうが怪しまれない」

「わたしの日本語を聞いていたのですね」

エルマが賢治たちのそばに寄ってきた。

「ご無礼をお許し下さい。公女」

「まぁ、こんなところで宮沢さんと話していたから仕方ないです」

二人の外国人の日本語の発音はアクセントなどが少しおかしい。だが、発声自体は濁《にご》りが少なくむしろ賢治よりきれいなのではないか。

いささかの劣等感《れっとうかん》を感じつつ、賢治はいままで誰にも聞く暇がなかった問いを、中尉に向けて発した。

「公女を白軍側の人が自分たちのシンボルにしようと考えていることは聞きました。博士について教えて下さい」

質問には答えず、中尉は灰色の瞳でじっと賢治の目を見つめた。

「わたしは宮沢さんが信用できる人だと感じています。あなたは純粋で混じり気のない方だ」

「そう言われるとなんだか困るすな」

賢治は照れ笑いを浮かべた。

「雪本少佐は宮沢さんのことを勘違いしていますね。あなたはどこの組織にも属していない。巻き込まれたに過ぎないのでしょう?」

「エルマさんはわかってくれました。でも、雪本さんは何度言ってもわかってくれないのです」

「わたしにはわかっています。宮沢さんが信用できるからこそ、ナターリア公女もあなたには本当の心を話したのでしょう」

「そうです。中尉のおっしゃる通りです」

エルマもうなずいた。

「お二人のお言葉は嬉しいですが、僕はそんなに褒《ほ》められるような人間じゃありません」

賢治が頭を掻くと、エルマと中尉が小さな声で笑った。

「バラノフスキ博士がどうしてこんなに重要人物として扱われているかを知っていますか。なぜ、ポドヴィンスカ大尉たち義勇軍が飛行船まで飛ばして、博士をシベリアからアメリカに逃がそうとしたか。なぜ、雪本少佐が博士を探すために新聞記者に化けて花巻に滞在していたか。なぜ、ボリシェヴィキが彼をさらいにきたか」

「いえ……わかりません」

「博士の研究課題のためです」

「どんな研究をなさっていたのですか」

そういえば、賢治はバラノフスキ博士がどんな分野の研究者なのかも知らなかった。

「そもそも、バラノフスキ博士が誰について学んでいた学者か知っていますか」

「いいえ……」

「マリ・キュリー博士です」

「キュリー夫人ですか……あのノーベル賞を受賞した」

雑誌でそんな記事を読んだ覚えがあった。

「そうです。博士は一九〇三年に夫のピエール・キュリー博士とともに物理学分野で、一九一一年には単独で化学分野でノーベル賞を二度も受賞しています。彼女の中心研究課題は放射線と放射能です」

「放射線と放射能についてもよくわからないのです。数年前からいくつかの国立病院でレントゲン写真というものが導入されたとは聞いていますが、肉体をも透視する光線だということですよね」

ぼんやりと聞いたことがある言葉に過ぎなかった。

「ああ、失礼。日本ではこの分野の報道はあまりされていないのですね。詳しい内容は省略しますが、マリ・キュリー博士はあらゆる物体を構成する原子そのものが放射線の源となっていることを明らかにしました」

「はぁ……」

いくら科学を学んだ賢治といっても、このあたりの分野はさっぱりわからない。中尉は賢治の理解力を超えていることを察したか、簡単に続けた。

「バラノフスキ博士は、原子の持つエネルギーによって大きな爆発を起こせるのではないかという課題に取りつかれました。一九〇八年にノーベル化学賞を受賞したマンチェスター・ヴィクトリア大学のアーネスト・ラザフォード教授が進めた研究にもヒントを得ました。結果として、博士はこの爆発によって大量破壊兵器が開発できる可能性を見出したのです」

「爆弾ですか」

「我々の持つ爆弾の概念とは違います。ただの一発でひとつの街が消滅してしまうようなエネルギーを持つ兵器です」

「そんな恐ろしい……」

賢治の背中に寒気が走った。

「ええ、大変恐ろしい兵器です。ただ、幸いなことにこの兵器は完成にはほど遠く、現在はその原理が博士の頭脳の中にあるだけです。この原理を博士は〈神の火〉と名づけています」

「そういえば、シェバーリンが〈神の火〉の計算式をよこせと博士を脅《おど》していましたね」

「はい、あまりにも複雑な計算式なので、博士も記憶しきれないのです。博士の頭脳と計算式の二つがそろって初めて〈神の火〉の研究は続けられるのです。ただ、計算式の所在はわかっていません」

「しかし、それは〈神の火〉などではない。〈悪魔の火〉です。僕はそんなものが、世の中にあってはいけないと思います」

「わたしも同じ考えです。この地上に〈神の火〉などが点ってはいけません」

エルマの澄《す》んだ声が響いた。

中尉はしばし黙って二人の顔を見つめていた。

インクブルーの闇がほどけ、だんだんと明るくなってきた。

まわりの木々から小鳥たちの夜明けを告げるさえずりが響き始めた。

あたりは密度の高い深い霧に包まれている。

それでも、自分たちが小さな湿地の縁に立っていることがわかってきた。

「アメリカもイギリスもフランスも、さらにボリシェヴィキも、博士を自分のものにして〈神の火〉を完成させようとしています。日本はそんな力を持ちませんが、少なくともボリシェヴィキには渡したくない。だから、誰もが博士を自分たちのものとしたいのです」

「なるほど、博士を取り巻く情勢がよくわかりました。でも、なぜ、ポーランド人のバラノフスキ博士がパリで学んだのですか」

「キュリー博士はパリで活躍していますが、父君はポーランドの下級貴族階級出身です。ペテルブルク大学で数学と物理を教えていました」

「そうだったのですか。キュリー夫人のお父さんはニコライさんの大学の先生だったのですか」

「ええ、生まれたときのキュリー博士の名前は、マリア・サロメア・スクウォドフスカです。キュリー博士の学友であるイグナツィ・パデレフスキ氏は、現在、ポーランド第二共和国の初代首相となっています。バラノフスキ博士は遠縁であるパデレフスキ氏の紹介でキュリー夫人の弟子となったのです」

「なるほど……」

「バラノフスキ博士は〈神の火〉の原理を研究すべきだと師匠のキュリー博士に提案しましたが、その危険性を指摘されて真っ向から反対されました。バラノフスキ博士は師匠のもとを去ってポーランドに戻りました。が、彼を危険人物とみたロシア帝国の官憲に逮捕されてシベリア送りとなったのです。一九一六年のことです」

「地理的には遠くとも、ロシア帝国の手で、ポーランドからたくさんの優秀な頭脳がシベリアや樺太に流刑にされてきてたんですね」

「その通りです。しかし、ロシア帝国が崩壊した後、ボリシェヴィキ政権はバラノフスキ博士を懸命《けんめい》になって探していました。シェバーリン大尉が三吉などという変名で樺太アイヌに化けて遠野に潜入していたのもそのためです。わたしたちの乗った飛行船が遠野の山に墜落したことは、日本陸軍や日本国内に潜入しているボリシェヴィキのスパイたちによって把握《はあく》されたのです」

「全体の図式が見えてきました。しかし、それでも博士はアメリカに渡るべきなのでしょうか」

賢治には大きな疑問だった。このまま日本にはとどまれないとしても……。

「少なくともボリシェヴィキの手に渡るよりはマシだと考えます。また、アメリカ合衆国の物理学はそれほど進んでいるとは言えません。兵器の開発に協力できる研究者も少ないでしょう」

消極的選択ということか。ドンブロフスキ中尉もまた、〈神の火〉の完成を望んでいないと見えた。

「それにしても、中尉はなしてそんなにお詳しいのですか」

「わたしは実は博士の弟子なのです。もとより軍人ではないのです。シベリアに流刑になったときからお教えを受けています」

中尉もまた、科学者だったのだ。

賢治は、鷲ノ滝発電所での中尉の見事な攻撃作戦を思い出した。

「ところで、どうして中尉は佐々木喜善さんとお知り合いなのですか」

「いいえ、存じ上げてはおりません」

「そうだったのすか！」

「ただ、あのとき、聖堂から逃げ出すチャンスを失ったわたしは、遠野の山中にいる仲間のところまで戻りたかったのです。それで、たまたま新聞で見ていた佐々木先生のお名前を出しただけです。栃内村は根拠地と近いですからね」

「もひとつ騙《だま》されました」

ひとつの謎が解けた。

「さぁ、公女も宮沢さんも、もうおやすみなさい。わたしもそろそろ軍曹に不寝番を変わってもらうことにします」

中尉はにこやかに笑った。

「そうね。宮沢さん、もう小屋に戻りましょう。朝露《あさつゆ》は身体に毒です」

「わかりました。明日のためにもう寝ます」

エルマにもうながされ、賢治も退却することにした。

元の小屋の隅で賢治は横になった。

エルマはすぐに静かな寝息を立て始めたが、賢治はしばらく眠ることができなかった。中尉から聞いた、ひとつの町を焼き尽くす〈神の火〉の話は、鳥肌が立つほどおそろしいものだった。

それでも疲れには勝てず、やがて意識が遠のいた。だが、いやな夢にうなされ続けて苦しい眠りが続いた。

【4】

誰かに頬を叩かれて、賢治は目を覚ました。

「宮沢さん、もう六時だ。出かけますよ」

あわてて飛び起きると、すでにほかの者たちは荷物を背負っていた。

「昨夜、早くビバークしてしまったので、今日の行程は二十キロに及びますね」

「長いですが、大丈夫ですよ」

賢治は地図を雪本に見せた。

「山道は十二キロほどで終わります。そこまでは長くて八時間。残りの八キロは田圃《たんぼ》の中の道ですから、二時間と掛からないでしょう」

「とにかく急いで出発です。十時間掛かるとすると、到着は夕方になってしまう」

一行は湿地帯を北東へ向かって歩き始めた。

霧は相変わらず深く立ちこめている。

しばらく進むと、目の前が見えないほどの濃霧《のうむ》となった。

一行は小休止をとった。

向かう先は笛吹峠ではない。が、霧の中から山男か山女が現れるのではと思うような雰囲気を漂わせている。

霧が地表から空に昇っていることに気づいて、賢治は、数時間のうちに空は晴れ上がってくると確信していた。

（山男はともあれ、この山には狼がいるな……）

賢治は道端に落ちていた狼の糞《ふん》をつまみ上げた。

乾いているので、少なくとも昨夜に出没したわけではなさそうだった。

そのあたりに落ちている狼の糞を拾い集めて綿布の鉱物袋に入れた。

ニコライが不思議そうに見ている。

（まさか役に立つこともないだろうが……）

賢治は笑顔でごまかした。

さらに歩き続けると初神沢が消え、やがて左手から続く細道と合流すると、大きな湿地帯に出た。昨夜泊まったところと同じような吹けば飛ぶような小屋が二つ建っていた。

「ここが最初のビバーク予定地ですよ」

賢治は地図を眺めて確認した。

湿地帯から細い渓流《けいりゅう》が白い瀬をにぎわせて流れ出していた。

この流れがやがて種戸川となるようだ。

ここから山道は下りとなった。

やがて、賢治の予想通りに霧は晴れて、夏の陽ざしが照りつけ始めた。

まわりはブナやケヤキを中心とした森林地帯で、ミンミンゼミの鳴き声が響いてくる。

一行は木陰《こかげ》で何度か休憩を取って水分を補給せざるを得なかった。

山道はきつかったが、昨夜の戦いを思えば、平和ないまは天国だった。

ムニーシェフ軍曹などは鼻歌混じりで歩いている。

赤内森というなだらかな山を左手にやり過ごすと胸突き八丁の下り坂となった。

昨夜の道とは異なり、今日のルートには崖沿いのトラバースがなく、ニコライがザイルのお世話になる必要もなかった。

十二時過ぎの休憩時に、雪本はふたたび全員に乾パンと氷砂糖を配った。

「これで終わりです。後は里に下りなければ、日干しです」

雪本は眉を上げながら冗談っぽく笑った。

戦っていたときの攻撃機械のような雰囲気は、みじんも見せていなかった。

マユもニコニコと笑って、エルマと身体を突《つ》き合っている。

(言葉がなくとも、友情は育つんだな)

賢治は二人の姿をいたく美しいものと感じた。

午後一時半頃にはまわりが開けてきて、狭い谷あいに田圃が見えた。

一行は思わず歓声を上げていた。

人家のあるところまで出られたら、あとはもう大丈夫である。

「ここが種戸だ。種戸川沿いでいちばん奥の村だ。われの母はここで育ったのす」

マユはなつかしそうに辺りを見まわしている。

だが、その後は、田畑で働く農民たちの奇異の目を受け続けての行軍となった。

外国人たちを前に目を丸く見開いて立ち尽くす者、袖を引き合って囁《ささや》く者たち。

賢治はなんだか恥ずかしくてうつむきながら歩いた。

「お疲れさま、皆さん精が出ますね」

雪本は快活な声で農民たちに声を掛けた。

農民たちは雪本に向かって丁寧に頭を下げるのだった。

種戸からの道は予想に違わず、とても歩きやすく、一行はどんどん距離を稼ぐことができた。

小鎚集落を過ぎると、川幅が急に広くなった。

「さて、このあたりのはずだな」

雪本は地図をひろげて、あたりの景色と見比べている。

「ああ、舟が見える。皆さん、川へ下りますよ」

雪本の言葉で、一行は河岸に下りていった。

小さな栈橋《さんばし》が設けられて、数艘《そう》の小さな漁船がもやってある。

そのうちの一艘の前で、還暦近い頰被《ほっかむ》りした漁師が古めかしい煙管《きせる》でたばこを吸っていた。

「こんちは親爺《おやじ》さん、立派な官員さんから、舟を漕《こ》ぐようにって頼まれなかったかい」

のんきな調子で雪本が尋《たず》ねると、親爺は鼻から煙を吐きながら答えた。

「ああ、半日待ってたでがんす。外国人だのなんだのを、箱崎白浜《はこざきしらはま》の隣の浜に渡せってなぁ。んだども、聞いてるより人数が多いな。いっぺんじゃ無理だべ。せがれにも舟出させるから割り増しをくれねぇべか」

親爺はこすっからく笑った。

「仕方ないな」

雪本は親爺に一円札を差し出した。賢治が喉から手が出るほど欲しいSPレコードが一枚一円五十銭から七十銭くらいだから、渡し賃としては過分もいいところだ。

「こりゃあどうも」

親爺は相好《そうごう》を崩して一円札を受け取ると半纏《はんてん》の隠しにしまった。

二艘の舟に分乗した一行は川岸を離れた。

すべるように水面《みなも》を行く船路《ふなじ》は、歩き疲れた賢治には極楽だった。

左手から大槌川が合流する小鎚川の河口付近まで来ると、大槌湾内がよく見えてきた。

背後から射す西陽に入江の波がきらきらと光っている。

賢治の心のなかでは、ドヴォルザークの『ラルゴ』がゆるやかに流れていた。交響曲第九番「新世界から」第二楽章のあの有名な旋律。賢治のレコードはジョセフ・パスターナック指揮のビクター・コンサート管弦楽団版だった。

小一時間漕ぎ続けて、二艘の舟は白砂がきれいな小さな浜に到着した。

「官員さんは、ここさ渡せと言うておられたのす」

舳先《へさき》を浜へ乗り上げながら、親爺は言った。

「この浜はなんて名前だね」

「名前なんてないべ。あれが長崎の鼻だ」

雪本が訊くと、親爺は笑いながら左手の岬を指さして答えた。

地図を見てみると、大槌湾の中に突き出た箱崎半島にできた凹みのようなかたちの入江だった。湾口は北を向いている。左手には箱崎白浜という集落の地名があった。

西陽はつよいが、潮風にさらされた浜辺は、うっすらと肌寒かった。

半袖ワンピース一枚のエルマは、両手で肩のあたりを押さえている。

賢治たちは落ちている流木を拾い集めた。

ニコライがライターで火を付け、エルマは暖を取り始めた。

「おかしいな……もうそろそろ、迎えが来るはずなんだが……」

沖合に目を凝らした雪本がつぶやいた。

突如《とつじょ》、沖合に白い小さな波しぶきが上がった。

「えっ？」

雪本が小さく叫んだ。

海面から棒状の物体が突き出た。

黒い棒はするすると伸びてゆき、さらに何本かの棒が海面から伸びてきた。

続けて大きな水音を立てて、黒い四角い物体が姿を現した。

「なんだ、あれは？」

賢治は海面を指さして叫んでいた。

ザバザバッと激しい波音が大槌湾に響き渡った。

跳ね飛ぶ水しぶきが宙を舞う。

横幅が数十メートルもある大きな黒い塊が、大きな白い波を立てて浮かび上がった。まるで鋼鉄製の鯨《くじら》だ。表面には無数のリベットが浮き出ている。

「潜水艦とは驚いたな」

雪本は独りごちた。

潜水艦だったのか。もちろん、公女と博士を迎えにきた使者に違いない。

とすれば棒状のものはアンテナや潜望鏡で、最初に出てきた四角い部分が艦《かん》橋《きょう》ということになるのだろう。

乗物好きの賢治は、ものの本で読んだ潜水艦をいつかはこの目で見たいと考えていた。が、まさかこんなところで遭遇《そうぐう》するとは思わなかった。

潜水艦と波打ち際の距離は三百メートルくらいだろうか。

かなり大きく見える。

艦橋から甲板《かんぱん》に三人の人影が姿を現した。

甲板を見て、けたたましい声で何ごとかを叫んだのは、ポドヴィンスカ大尉だった。

続けてニコライが日本語で賢治たちに警告を発した。

「あれは敵艦だっ。みんな逃げろっ」

ニコライの言葉に、賢治はあわてて海に背を向けて走り始めた。

ダダダッという破裂音が響き、頭から砂混じりの潮水が連続的に降ってきた。

「機銃掃射《そうしや》だっ。物陰に隠れえいっ」

雪本が叫んだ。

反射的に賢治は、燃えさかる焚き火に、山道で拾ってきた狼の糞を放り込んだ。

きびすを返すと、胸が破裂しそうなほどの勢いで賢治は走った。

なんとか砂浜の背後に鎮座《ちんざ》する大きな岩の陰に逃げ込むことができた。

ふたたび、機銃掃射の音が響いた。

「みんな大丈夫かっ」

雪本がふたたび叫んだ。

見まわしてみると、全員がそろっている。

賢治は胸をなで下ろした。

《あれはボリシェヴィキの潜水艦だ》

ポドヴィンスカ大尉が口を開いた。

しかし、予想もしなかったこんな出逢いはごめんだ。

《あの潜水艦はアメリカで設計されたホランド六〇二型潜水艦だ。たしか五百トン級だった。ロシア帝国がカナダに発注して建造されたが、一部はロシア国内で造られたとも聞いている。ウラジオストクにも何隻かいたはずだが、ボルシェヴィキ政府に奪われて〈コムニースト〉の名で運用されていると聞く》

ポドヴィンスカ大尉は半分独り言のように言った。

《大尉はあの艦がどうして敵だとわかったのですか？　軍艦旗も掲《かか》げていないようですが》

賢治の質問に大尉は険しい顔つきで答えた。

《日本とボリシェヴィキは、交戦状態にあります。ロシアから来航したことを一応は隠したいのでしょう。敵とわかったのは、甲板の搭乗員たちがかぶっているカーキ色の帽子のかたちです》

《あのつばのない略帽のことですか。頭隠して尻隠さずですね》
《彼らはこの近海に、日本の軍艦がいないことを知っているのです。攻めてくる敵がいるわけはない。本気で正体を隠す気はないのでしょう。ただ、軍艦旗を掲げたら後で言い訳できない。いまの状態だと飽《あ》くまで不明艦扱いですから》
《なぜ、大槌湾などに姿を現したのでしょうか》
《日本近海で何らかの秘密任務を遂行《すいこう》していたのでしょう。そこへ、カムチャッカ親衛隊の連中、たとえば遠野を出る前にシェバーリンが連絡を取り、公女と博士を連行しにここへやってきたのだと思います》
《直接、潜水艦に連絡する手段があるのですか？》
《それは無理です。しかし、遠野にだって電話はあります。東京のエージェントに電話を入れて、さらに本国経由で潜水艦に通信したのでしょう》
《南樺太とウラジオストクとの間には、数年前から国際電報が通じているはずです。東京から南樺太に電報を打ってそこにいる者に中継させれば、ウラジオストクにすぐに連絡できます》
雪本が補足した。
《すごい勢いで潮水や砂が飛び散りましたね》

ニコライは肩を震わせた。
《四十五ミリ機銃を搭載しています》
《あんなのが一発でも当たったら、即死ですね》
《ああ、人間など木っ端微塵《こっぱみじん》でしょう。しかし、あれは威嚇《いかく》射撃です……こちらに公女と博士がいる以上は本気では撃ってこないはずです。怖いのは……》
《なんです？》
《ボートを下ろして敵兵が上陸してくることです。たしか三十人以上の兵員が搭乗しているはずですから……公女と博士を取られたらおしまいだ》
たしかに大尉の言葉は正しい。しかし、賢治には、エルマや博士を自分たちの盾と考えているように聞こえて悲しかった。
そのときだった。
「全員、手を上げろっ。逆らうと公女の生命《いのち》はないぞっ」
低音のしゃがれた声が響いた。
ふり返ると、西陽を受けてそこにシェバーリン大尉が立っていた。
シェバーリンは、羽交《はが》い締《じ》めにしたエルマの首筋に大型ナイフを突きつけている。

エルマは力なく両手をばたつかせている。

「シェバーリン、おまえ……生きていたのか」

「夏の川で溺《おぼ》れるほどヤワではない」

シェバーリンは喉の奥で笑った。

彫りの深い顔はまだ血の色の見える傷だらけだった。

「ほかの連中はどうしたんだ？」

「お前らに痛めつけられたせいで、しばらくあの発電所から動けないでいる」

「そいつはお気の毒だ」

「無駄話はたくさんだ。ナターリア公女とバラノフスキ博士をこちらへ渡してもらおうか」

シェバーリンの声が尖《とが》った。

「お二人をどうするつもりだ」

「知れたこと、トロツキーに捧《ささ》げ、レーニンと社会主義ソビエトへの忠誠《ちゅうせい》を誓うのよ」

「お前は、我々と同じアジア人ではないか。なぜ、ボリシェヴィキなどに従う」

雪本は強い調子で訊いた。

「我らの忠誠が認められれば、沿海州にツングースの手による共和国が生まれる。ナナイ、ウィルタ、ニヴフ……帝政ロシアの治世下で奴隷《どれい》のように扱われ、こき使われ、虐《しいた》げられてきた我々が自らの手で自らを治める。誇り高い共和国が沿海州に生まれるのだ」

シェバーリンの声は自信に満ちあふれていた。

「そんな夢物語を信じているのか？」

雪本が鼻先で笑うと、シェバーリンは目を怒らせて言い返した。

「トロツキー同志は約束してくれたのだ」

「シェバーリン大尉、トロツキーやレーニンが目指すものは一枚岩のソビエトです。少数民族の独立など実現するはずもない。ソビエトの指導者はあなたたちを同じ仲間とは思ってない……」

ニコライは、真剣な目つきで呼びかけた。

「我らを虫けらのように踏みにじってきた白軍野郎の言葉が信じられると思うか」

シェバーリンの声は、怒りに燃えているように聞こえた。

「わたしはたしかにロシア留学生の出身です。ですが、ロシアを愛することには誰にも負けません。さらに、沿海州にひろがるツングース文化を愛しています。それゆえ、あなたたちツングースの人々の明るい未来をつよく願っています」

「ごたくを並べるのはいい加減にしろっ。博士をこちらによこせ」

「断るっ」

雪本は語気激しく突っぱねた。

「そうか、では仕方ない。公女に死んでもらおう」

シェバーリンはナイフをひらめかせた。

首元で引き切られれば、取り返しのつかないことになる。

「おまえたちは公女の身柄をトロツキーのところへ連れていくのだろう？　それが忠誠の証《あかし》と言ったではないか」

雪本の問いかけに、シェバーリンは口元に薄ら笑いを浮かべて答えた。

「バラノフスキ博士の死骸《しがい》には意味がない。博士は生きたまま連れ帰らねば〈神の火〉の開発を続けられない。だがしかし、ナターリア公女の死骸には意味がある」

「どういうことだ……」

「公女の死骸を塩漬けにして持ち帰り、ペトログラードの宮殿広場の〈アレクサンドルの円柱〉から吊してやる。市民に、我々ソビエトの勝利を知らしめるよいモニュメントになるだろう」

シェバーリンの乾いた笑い声が浜辺に響いた。

「わたしを殺しなさい」

シェバーリンの腕の中でエルマの凜《りん》とした声が響いた。

「公女、日本語が話せるのですか」

驚く雪本にはかまわず、エルマは毅然《きぜん》とした表情で続けた。

「シェバーリンとやら、ここにいる皆さまにはなにひとつ罪はありません。我々ロシアを愛する者と、あなた方ロシアを壊した者の戦いには、まったく関係のない人々です。ロシア帝国が憎いのなら、わたし一人を殺せばよいのです。父や兄を殺したように」

「ものわかりのよい女だ」

シェバーリン大尉はナイフを突き立てるそぶりを見せた。

銀色の反射が、賢治の目に突き刺さった。

とつぜん、バラノフスキ博士がポーランド語を発した。

《待てっ、わたしが同行する。公女を放したまえ》

博士は両手を高く挙げて、降参のそぶりを見せた。

「よしっ、こっちへ来い」

命令に従って、博士は近くへゆっくりと足を運んだ。

「では、日本の狐《きつね》野郎は、拳銃を捨てろ」

雪本は腰の拳銃を砂浜に捨てた。

「全員、両手を挙げて向こうを向け」

大尉の言葉に賢治たちは従うよりほかになかった。

「波打ち際まで歩くのだ」

岩場を越えて砂浜を見て、賢治はゾッとした。

停泊している潜水艦からはボートが降ろされ、六人の水夫がオールをとっている。さらに小銃を構えた二人の兵と艇長らしき男が乗っていた。

ボートはぐんぐんと近づいてくる。

「もうダメだ……」

悲痛な雪本少佐の声が響いた。

次の瞬間、雪本は上着の隠しから小型拳銃を取り出した。

「あっ」

賢治は叫んでいた。雪本が発電所でシェバーリンから奪った拳銃だった。

「何をするんだっ」

シェバーリンの怒声が響き渡った。

雪本は銃口を敵に向けた。

そうではない。バラノフスキ博士に向けている。

気でも狂ったのか……。

「雪本さん、何をするのす」

賢治は雪本の肩をつかんだ。

だが、左手で簡単にはね除《の》けられてすっ飛び、砂にしたたか腰を打ちつけた。

「邪魔をするな。赤軍に盗《と》られると、世界のためにならぬ。悪いが博士には死んでもらう」

「馬鹿なマネはやめろっ。公女の首を切るぞっ」

シェバーリンが、声を振り絞って叫んだ。

「仕方がない。どうあっても博士をボリシェヴィキに渡すわけにはいかんのだ」

雪本の声はビリビリと震えていた。

「やんなぁ」

マユが叫び声を上げて、体側から雪本に思い切り突き当たった。

不意を衝かれた雪本は、その場に転がった。

「くそっ、くそっ」

雪本は砂地をつかんで砂をまき散らしながら叫んだ。

「ふざけた真似《まね》をして、どうなるのかわかっているのか。まずはおまえからサメの餌《えさ》にしてやる」

シェバーリンは、目を怒らせてすごんだ。

そのとき賢治の耳に、軽快なエンジン音が響いてきた。

潜水艦ではない。

「あれはっ」

右手の上空から響いてくる音を聞いて、賢治は叫んだ。

同じように、その場にいた何人かが叫び声を上げた。

四機の複葉機が薄灰色の排気ガスを吐きながら、エンジン音もかろやかに浜に向かって飛んでくる。

明るいタンに塗られた機体の翼や胴体には、赤、青、白の三色に塗り分けられた同心円が光っている。

「来たっ！　来てくれたっ」
砂を舞い散らせて雪本が小躍《こおど》りした。
複葉機は、大槌湾上空で大きく輪を描いて飛び始めた。
わめき声がボートから上がった。
号令が響き、ボートは舳先を沖に向け直した。
潜水艦に向けて力漕《りきそう》し始める。
あっという間に潜水艦に接舷《せつげん》したボートから、兵士たちは縄ばしごで甲板に上がった。
甲板で待機していた水兵たちが、ロープでボートを引き揚げた。
その間にも、四機の編隊は、潜水艦に近づいたり遠ざかったりして飛び続けている。
エンジン音はますます近づいてきた。
風に乗って排気ガスの臭いさえ漂ってくる。
ザザザッと水音を立てて、潜水艦は沈んでいった。
すぐに潜望鏡やアンテナも波の下に消えた。
「フランス軍機……なぜ……ここに」

シェバーリンは、空を見上げてかすれた声を出した。
全身に隙が見える。
賢治の胸は大きく拍動《はくどう》した。
（いまだっ）
我を忘れ、賢治は砂を蹴立てて走った。
姿勢を低くして、シェバーリンの腹を狙う。
渾身《こんしん》の力を込めて頭突きを喰らわした。
「うわわっ」
シェバーリンは、エルマとナイフを放り出して仰向《あおむ》けに倒れた。
賢治の顔は砂地に突っ込んだ。
飛び跳ねた砂が頭から降ってきた。
「エルマさんっ、逃げろっ」
賢治は転がりながら顔を上げ、背後を見た。
エルマは砂を跳ね飛ばして逃げ出した。
一メートルほど先で、シェバーリンは空を見上げたまま大の字に寝ている。
エルマは無事にマユの元へ戻った。

「マユちゃんっ」

「エルマちゃん、よかったな」

二人は踊りながら抱き合った。口の中がジャリジャリする。

賢治は立ち上がった。

「なんということだ」

シェバーリンもまた立ち上がった。

全身をこわばらせて賢治は身構えた。

だが、シェバーリンは、砂まみれの身体をはたきもせずに、潜水艦の消えた海へうつろな視線を向けていた。

「すべては水泡に帰した……。迎えの船はもう戻らない」

低くつぶやくような嘆きだった。

「シェバーリン、あきらめろ。おまえの負けだ」

雪本は静かな声で呼びかけた。

「そうだ……俺の負けだ。トロツキー同志に申し訳が立たない」

シェバーリンの声は泣いているようにも聞こえた。

「おとなしく日本政府にお前の身を任せろ」

「ふざけるな。俺には誇り高いナナイの族長の血が流れている」

シェバーリンは大股で海に向かって歩き始めた。

「やめろっ」

走り出そうとする賢治を、押し止めたのはニコライだった。

「自由にさせてあげたほうがいいです」

「しかし……」

「シェバーリン大尉は、生きてロシアへは帰れない。それにもし、彼が日本の警察に捕まったら、ナナイ族自体が迫害を受けることになるでしょう。ボリシェヴィキの指導者たちの仕打ちとはそんなものです」

波打ち際から海に入ったシェバーリンの背中がどんどん小さくなって沈んでゆく。

大柄なその姿は、すぐに海面下に消えた。

「シェバーリンも、ツングースの国を造るという理想に燃えた一人の戦士だったのです」

ニコライの声は大きく震えていた。

「そうですね……彼もまた戦士だったのですね」

シェバーリンの消えた波間を賢治は見つめ続けていた。

大槌湾の上空には複葉機の軽快なエンジン音が響き続けている。

「公女、博士。お怪我はありませんか」

誠実を絵に描いたような雪本の態度に賢治はあきれた。

ついさっきは、博士の生命を奪いかねない勢いだったくせに。

「ありがとう。でも、あなたに心配して頂く必要はなさそうね」

エルマは皮肉たっぷりに答えたが、雪本はますます丁寧に言葉を続けた。

「もうしばらくお待ちください。追っつけお迎えの船が参ります」

雪本は膝を突き、腕を前に出して貴人に対する礼をした。

博士は微妙な顔つきを見せたが、なにも言わなかった。

(だけど、雪本さんもシェバーリン大尉も、私情から酷薄《こくはく》な態度を見せていたわけじゃないのだ。それぞれ使命感に燃えていたのだ)

賢治は理想だの、使命感だのが、時には人をもっとも酷薄な存在に変えてしまう恐ろしさを痛感した。

「メルシー！　メルシー！」

雪本は先頭を飛ぶ複葉機のパイロットに大きく両手を振った。

先頭を飛んでいるパイロットが片手を高く差し上げて答礼してきた。

風防は小さいので、茶色い革の飛行帽にゴーグルを掛けた姿はよく見えた。

機体と同じような砂色の飛行服を着ている。

「あれはフランスの航空隊ですか」

賢治の問いに答える雪本の声は自信に満ちていた。

「ええ、フランス陸軍のピエール・ドラクール大尉の率いる航空隊です。フランスのスパッド社製で、今年、我が陸軍にス式一三型戦闘機として採用された機体です」

「なんでフランス軍の飛行機が岩手に来てるのすか」

「昨年の一月のことです。フランス陸軍のジャック・フォール砲兵大佐が我が陸軍の要請に応じて数十名の士官、下士官を引き連れて来日しました。フォール大佐たちはこの春帰国しましたが、最後まで残って指導を続けているのがあの編隊長、ドラクール大尉なのです」

「陸軍は飛行術をフランスから学んでいるのですね」

「そうです。操縦術はもとより、戦術、航空に関する制度、戦隊編成、その運用、何もかも学んでいます。所沢《ところざわ》航空隊にいるドラクール航空隊は、訓練のために数日前から岩手山麓の観武ヶ原《みたけがはら》練兵場に飛来していました」

「あそこは広いですからね」

観武ヶ原は、賢治の大好きな岩手山麓の広大な高原地帯にあった。

「わたしは遠野にいるときに大尉と連絡を取りました。今日の夕刻に、この大槌湾上空に飛んできて欲しいと。間に合いましたよ」

白い歯を見せ雪本は笑った。

「雪本さんはシェバーリンの攻撃を予想していたのですか」

「まさか……。ただ、たとえば、警察署との軋轢《あつれき》を生じた場合など、不測の事態が起きたときの対応のためです。一方、ドラクール大尉は、大槌湾への飛行を訓練に最適と考えてくれたのです。飛行機にとっちゃ、目と鼻の先の岩手山麓にいたわけですからね」

「雪本さんの周到な用意が図に当たりましたね」

「ボリシェヴィキの潜水艦め、フランス軍とみて判断できなくなったのでしょう。シベリアでまだ我が陸軍はボリシェヴィキと戦っていますが、フランスはイギリスとともに昨年のうちには撤退《てったい》しています。ここで、戦火を交えてフランス共和国の世論を硬化させる度胸《どきょう》が、あの潜水艦長ごときにあるはずもありません」

雪本は得意げに鼻を鳴らした。

四機の編隊は、大槌湾上空の旋回をやめ、西へと機首を揃えた。

「オヴォワー（さようなら）」

賢治はその場でジャンプしながら手を振った。

わずかに知っているフランス語だった。

疲れきった賢治たちの頭上を四機は西の空彼方《かなた》へと去った。

賢治たちは、しばらく砂浜でぼんやりと座っていた。

焚き火の煙は、燃やし始めたときよりも激しく、もくもくと天に上っている。

「たいそうひどい煙が上がっていますね」

ニコライが鼻をつまんで苦情を言った。

「船からの目印になると思ったのです。これは狼煙《のろし》です。山道の途中で拾ってきた狼の糞を放り込んだのです」

「狼の糞を放り込むと何か効果があるのですか」

「科学的にははっきりしませんが、煙が真っ直ぐに上がって目立つと言われています。それで、狼に煙と書いてノロシの意味に当てます」

「それはおもしろいですね」

ニコライは、ノートを取り出して鉛筆を舐《な》めながらメモをとっている。ふだんの姿を取り戻したようだ。


【5】


沖合から鈍く轟《とどろ》くエンジン音が聞こえ始めた。

「迎えの船だな」

雪本が弾んだ声を出した。

「だども、雪本さん、船のエンジン音にしては妙ですよ」

賢治は耳をそばだてた。

「そうですね。航空機のエンジン音のようだな……」

一瞬、スパッドが戻ってきたのかと思ったが、方角が反対だった。

もっと高速で回転するエンジンに聞こえた。

不思議そうに空へ目をやった雪本は素《す》っ頓狂《とんきょう》な声を出した。

「見て下さい、宮沢さんっ」

「おお、あれは！」

賢治の驚きはスパッドの編隊を見たときよりも大きかった。

巨大な怪鳥が東空から近づいてくる。

きれいな白色に塗られた複葉機だが……。

「なんて大きい飛行機だ……それに翼の上にエンジンが二つある」

賢治には白昼夢《はくちゅうむ》のようにさえ思えた。

上の主翼と下の主翼の間には二機のエンジンがプロペラを勢いよくまわしている。

胴体と同じ色に塗られた雄大《ゆうだい》な翼は、いったい何メートルあるのだろうか。

紅《べに》色の尾翼《びよく》の配色がモダンだった。

さらにただの飛行機ではない。

底部は船のように丸い。つまり飛行艇なのである。

胴体には船舶のような丸窓が翼を挟んで片舷に六箇所設けられている。

「こりゃあすごい迎えだ」

雪本はうなり声を上げた。

「合衆国カーチス社のF五型を旅客《りょかく》用に改装した飛行艇ですよ！」

「なんとも大きい飛行艇ですね」

「ＡＭ七五型といったと思います。十一人の乗客を乗せて時速百三十五キロで五百四十キロを飛べます。軍用機ではないですから、合衆国政府が借り上げたのでしょうが、ナターリア公女に対する意気込みがわかりますね」

「ハワイから飛んできたのですか」

　雪本は空を見上げながらうなずいた。

「真珠湾からでしょう。ですが、ハワイからの距離は六千キロあります。ミッドウェー島の補給拠点に立ち寄るでしょうが、それだけではとても無理です。アメリカ海軍の艦艇が途中で何回も燃料や水補給等のサポートをするんですよ」

「大変な手間ですね」

「でも、船よりもはるかに早く快適に合衆国本土に着くことができる。四日と掛からないのではないですか。まさに国賓待遇《こくひんたいぐう》ですね。合衆国は一刻も早くお二人をお招きしたいのですよ」

　合衆国政府によって二人が丁重《ていちょう》に扱われていることは嬉しかったが、その目的を考えると複雑な気持ちだった。

　徐々に大きさを増した飛行艇の先頭部分にはオープンコックピットがあって操

縦士らしき二人の男が乗っている。さらにエンジン下部には別の男の姿が見えた。

さきほど潜水艦が急速潜行したあたりに、飛行艇は着水した。

白波を蹴立てて大槌湾を横切るその姿は、まるで白鳥だった。

海上で停止してしばらくすると、ハッチが開けられ、飛行服姿の男が出てきて投錨《とうびょう》した。

やがて二人の搭乗員が小型の折りたたみボートを組み立てて海に下ろした。

すぐに搭乗員が一名と二人の乗客が乗り込んだ。

搭乗員が漕いだボートは、ゆったりと砂浜に近づいてくる。

乗客の顔を見て賢治は絶句した。

「柳田先生、喜善さん……」

遠野で別れた二人が、アメリカの飛行艇に乗って大槌湾にやってこようとは夢にも思わなかった。

ズザザッと音を立てて、舳先が砂地に突っ込んだ。

背広姿の柳田と喜善は続けて飛び降りた。

「やあ、雪本くん、一別以来。無事に任務遂行できたようだね」

柳田は鷹揚《おうよう》にあいさつした後、賢治を見て目を見開いた。

「なぜ、宮沢くんがここに？」

「あ、柳田先生、こんにちは」

賢治は頭を下げた。

「いや、話せば長い話で……」

雪本もひと言では説明できないようで、頭を掻きながら話題を変えた。

「陸軍の雪本です。佐々木さんもＮ作戦に従事していたのですね」

「はじめまして。いや、わたしは柳田先生が山口に見えた日にご依頼を受けて、それからこちらの用事のお手伝いをしたような次第でして……」

「佐々木さんは、ただ、エルマさんを預かっただけだと言っていたではないですか」

賢治が食って掛かると、喜善は申し訳なさそうに頭を下げた。

「いや、すまなかったです。隠密《おんみつ》作戦の都合上、嘘を言いました」

その場を取りなすように雪本が、柳田に向かってにこやかに言った。

「柳田先生、渡し船のご手配と、フランス軍航空機飛行演習や、外国人記者たちがこの浜で取材するとの大槌村役場等への欺瞞《ぎまん》工作、もろもろありがとうございました」

雪本は頭を下げた。なるほど、柳田の任務は、エルマたちが出発する時のための事前工作にあったわけだ。

「いや、そのためにわたしは大槌に先行していたのだからね。しかし、雪本くん。わたしは赤浜の隣の浜で待つように言ったのだぞ。この場所は待ち合わせ地点とは、まるきり対岸ではないか」

「え、小鎚の漁夫は、官員さんにここに渡せと言われたと言っていましたよ」

「なに、あの親爺、間違えたのか」

柳田はあきれ顔で答えた。

「もしかすると、シェバーリン……いや、ここで死んだボリシェヴィキの工作員ですが。その者に金を握らされて、わざとここへ渡したのかもしれません」

「まぁ、いい。狼煙を焚いてくれたおかげで、君たちを発見できたんだ。そうでなければ、この場所がわからなかっただろう」

「宮沢さんの手柄ですよ……ああ、それよりも、ご紹介しましょう。こちらがアンジェイ・バラノフスキ博士です」

「なんだって！　じゃあ、君はN作戦ばかりかB作戦も同時に成功させたのかっ」
柳田は目を見開いて叫び声を上げた。
ナターリア公女の国外退去作戦がN作戦、バラノフスキ博士の身柄確保がB作戦だったというわけだ。
「おかげさまで……ニコライさん、通訳をお願いします」
「お安い御用です」
ふり返った雪本に、ニコライは笑顔で答えた。
《はじめまして、前貴族院書記官長の柳田国男と申します。お目に掛かれて光栄です。わたしは日本政府の意向を受けて、あなたをお見送りするために参りました》
《アンジェイ・バラノフスキです。ご足労頂き、まことに恐縮です》
《合衆国政府は、博士を大歓迎します。不慣れな空の旅になると思いますが、ご要望がございましたら、乗務員にどうぞご遠慮なく仰せになって下さい》
《ありがとうございます。合衆国の期待に応えられるとは思いませんが、ボリシェヴィキの手から逃れることができて幸せです。どうぞよろしくお願い申し上げます》

さらに柳田は、エルマに向かって話し始めた。

《ナターリア公女、遠野からここまでの行程で、多々ご苦労があったことと拝察いたします。隠密作戦のために、充分な警固がかなわなかったことを心よりお詫《わ》び申します》

《恐れ入ります。たしかに生命の危機にも見舞われましたが……》

エルマは、マユ、賢治、さらにはポーランド義勇軍の面々を次々に眺めまわした。

《わたくしは遠野からここへ来る途中で大切なものを得ることができました》

にっこりとほほえんでエルマは赤い唇をゆっくりと開いた。

「たくさんの友だちです」

それは日本語だった。

「おお、ナターリア公女、日本語がそんなにお上手とは！」

柳田は目を剝いたが、エルマはかまわずに続けた。

「わたくしは今回の旅で、人間とは信じてよいものなのだと確信できました。これからのわたくしはもう、不安に脅《おび》えてフィンランドから逃れてきたナターリア・パヴロヴナ・パーリィではありません。わたくしは……」

賢治の目を真っ直ぐに見つめてエルマは美しい発声で言った。

「エルマです」

胸が震えてならなかった。

賢治はしぜんに拍手を始めた。

拍手はマユに飛び火し、雪本、柳田、喜善、義勇軍の将兵へとひろがっていった。

渡米する者たちは、順番にボートに乗った。

小さい舟なので三回に分ける必要があった。

《それでは皆さん、ごきげんよう》

バラノフスキ博士はあっさりとした別れのあいさつとともにボートに乗り込んだ。

次はエルマの順番だった。

「エルマさん、またいつかお目に掛かりたいです」

「宮沢さん、あなたのお力でわたくしは生きてゆけそうです。いつか必ずお会いしましょう」

いきなり抱きつくと、エルマは賢治の頬にかるくキスをした。

バラの花にも似た香りが賢治に襲いかかった。

頭がクラクラして、賢治の全身はぼーっと痺《しび》れ、その場に倒れそうになった。

「危ない。賢治サン」

笑いながらニコライが抱きかかえた。

抱きついたときに、エルマは素早く一枚の紙片を賢治に手渡していた。

重要な内容だと感じた賢治は、誰にも気づかれぬように、そっと上着のポケットにしまった。

エルマは一瞬だけ、あいまいな笑顔を賢治に送った。

「ニコライさん。いつか素晴らしいロシアに帰れますように」

すぐにエルマは、ニコライに向かって呼びかけていた。

「ありがとうございます。しばらくこの素晴らしい国で頑張《がんば》ってみます」

二人は固い握手を交わした。

小さくなってゆくボートを見送りながら、賢治の心にはいままでの人生で感じたことのない喪失感がひろがっていった。

心のなかにいきなり「夜空の石炭袋」が生まれてしまったような、そんな気持ちだった。

次のボートでは、ポドヴィンスカ大尉とムニーシェフ軍曹が去った。

二人とも満面の笑顔で浜辺の人々に挙手の礼を送った。

雪本は背筋を伸ばして答礼し、二人の軍人を見送った。

最後のボートで、ドンブロフスキ技術中尉とノヴァック上等兵の残りの二人が乗れば、飛行艇はすぐに飛び立つはずだ。

「わたしはここに残ります」

ドンブロフスキ中尉はきっぱりと言い切った。

「日本に残るのですか？」

賢治も驚いたが、柳田や雪本の驚きはそれ以上だった。

「なんですって！」

「残って、いったいどうするのです？」

中尉はゆったりとした声で答えた。

「ポーランドから戦災孤児が敦賀に迎えられ、神戸《こうべ》で暮らしていると雪本少佐から伺《うかが》いました。わたしはその子どもたちに少しでも希望を与えたい」

静かな、しかし、つよい意志のこもった口調だった。

「わかりました。中尉のご希望がかなえられるように関係機関に依頼します。神戸へは信用できる人間をご一緒させます」
柳田は頼もしい口調で請《う》け合った。
「おお、ポーランドと日本のために素晴らしいことですね！」
ニコライも満足げにうなずいた。
飛行艇が飛び立つ前に、エルマが搭乗口に姿をあらわした。
エルマは賢治に微笑《ほほえ》みかけると、胸のメダイヨンを外し、右腕を大きく振りかぶった。
メダイヨンはキラリと反射しながら放物線を描いて海へ落ちた。
エルマは皆に手を振ると、搭乗口の向こうに消えた。
金属扉はすぐにしまった。
二基のエンジンが黒っぽい排気ガスを吐き出しながら回り始めた。
排気ガスが澄《す》んだ色となって、二枚のプロペラが高速で回転を続けている。
海上の白鳥は、波しぶきを上げながら勢いよく波の上を滑り始めた。
大槌湾の中程まで進むと、白鳥は力強く舞い上がった。
高度を上げながら右旋回して、飛行艇は尾翼側をこちらに向けた。
軽快なエンジン音とともに、白い機体はどんどん小さくなってゆく。

賢治は辺りを窺《うかが》うと、エルマから最後に渡されたメモを開いてみた。

いままで必死で我慢していたのだ。

だが、小さな手帳を破った紙に連ねられている文字は筆記体だった。

賢治には少しも意味がわからなかった。

「それは恋文だべ」

「なんだって」

「エルマちゃんは、やっぱり宮沢さんが好きだったんすな」

かたわらでマユが口にした言葉に、賢治の顔中が火照《ほて》った。

「なにをませたことを言ってるんだ」

「あ、顔さ赤けぁんだ」

賢治は愛情を込めて、マユの頭をぽんと叩いた。

「んだって、エルマちゃん、この浜さ来てから宮沢さんのことばっかり見てたんだ」

マユは真面目《まじめ》な声で言った。

なんと答えてよいかわからず、賢治はエンジン音を響かせながら、高度を上げていく飛行艇を眺め続けた。

エルマから渡されたメモの内容を知りたくて、賢治はいても立ってもいられなくなった。

ニコライか、ドンブロフスキ中尉か……。

払暁《ふつぎょう》の谷地での会話を思い出すと、ここはやはり、中尉に頼むべきだ。

「これを訳して頂けませんか……」

賢治はそっと中尉に耳打ちして、二つ折りにしたメモを渡した。

「ほう、フランス語ですね……」

メモを開いた中尉は、次の瞬間、小さく叫んだ。

「これは、神の意志だ！」

「どういう意味ですか」

急《せ》き込んで尋ねる賢治の耳もとで、中尉はささやいた。


――計算式は、わたくしが父からあずかっていました。メダイヨンと一緒に海に捨てます。わたしはあなたに詩人として生きてほしい。宮沢さん、ありがとう。

心に大きな喜びが、泉のように湧き上がってきた。

だが、すぐに別の不安が、賢治の心をよぎった。

賢治は、隣に立つドンブロフスキ技術中尉に小声で語りかけた。

「中尉、わたしは心配なのです。たとえ、エルマさんが計算式を捨ててくれたとしても、アメリカでバラノフスキ博士が〈神の火〉を完成させたら、世界じゅうで恐ろしい戦争が起きるのではないでしょうか」

「心配する必要はありません」

ドンブロフスキ中尉は、賢治の目を真っ直ぐに見据えてきっぱり言いきった。

「なぜです。その危険性は現実のものでしょう？」

中尉は顔を寄せて賢治に耳打ちした。

「わたしがアンジェイ・バラノフスキだからです」

いきなり心臓を鷲《わし》づかみにされたように、賢治の胸に衝撃が走った。

「なんて……ことだ」

賢治の声はかすれた。

「飛行艇に乗ったのは弟子のドンブロフスキです」

叫び出しそうになる自分を懸命に抑えて、賢治は小声で中尉、いや、本物のバラノフスキ博士に向かってつぶやいた。

「もう……僕は誰も信じられない……」

バラノフスキ博士は右目をつぶってみせた。

「いつしか恐ろしい結果の予感に脅えるようになって、わたしは研究を捨てました。そこで、二人は沿海州にいたときから入れ替わっていました。これは、義勇軍の諸君も知らないことです。わたしはこのような事態を恐れていたのです。それにしても……」

感に堪《た》えないように目をつむった博士は、言葉を継いだ。

「計算式を公女がお持ちだったとは、まさに神の意志です。わたしは、公女の父君パーヴェル大公と親交がありました。大公がパリにお住まいの頃です。わたしがポーランドに戻ってロシア帝国の官憲に逮捕される直前に、ハバロフスクに戻っておられた大公に計算式をお送りして保管を頼んだのです。あの計算式を合衆国の優秀な研究者に見られたくはなかった……わたしはいま、神と公女に感謝しています」

博士はゆっくりと目を開き、賢治に向かって静かにほほえんだ。

「ありがとう……エルマさん、ありがとう、博士」

賢治は両手で博士の両手を握った。

あたたかなやわらかい掌《てのひら》だった。

ニコライが歩み寄ってきた。

「ほら、もうあんなに小さくなりましたよ」

指さす東空に西陽を受けた銀色の反射が遠ざかってゆく。

エルマたちを乗せた飛行艇は、やがて豆粒のように小さくなり、太平洋の彼方へと消えていった。

夢まぼろしのように過ぎ去ったエルマとの時間が次々と心に浮かんできた。頬に温かいものが伝わるのに気づいて、賢治はあわてて袖で拭《ぬぐ》った。

「炭酸カルシウムの夕暮れだ」

大槌湾は、真珠貝《しんじゆがい》の貝殻《かいがら》にも似た七色の光彩に染まり始めた。

紀元前のエジプトで、真珠が溶けるときの泡がサイダーを作った。初めて飲んだのは、クレオパトラだったという。

サイダーの泡のなかを泳いでいるような、そんなしびれを賢治は全身に覚えていた。

わずかに四日前の夕暮れ、賢治の意思とは関わりなく、一人の女神が目の前に現れた。

心のなかで、信仰にも似た気持ちが芽生えた。

賢治の意思を無視して、女神はとつぜん空の彼方へ消え去った。

心臓の鼓動にあわせて、賢治の胸はしくしく痛んだ。

賢治の胸の奥で『トロイメライ』がせつなく鳴り響いている。

天空に近いところのコバルト色から水平線近くの薔薇《ばら》色まで、女神の去った空は豊かなグラデーションに姿を変え始めた。

「もうそんな宗教風の恋をしてはいけない……」

賢治は一人、ぼんやりと空を眺めてつぶやいた。

海面近くに無数のオオミズナギドリが飛び交っている。

あっという間に秋へと移ろう季節に、賢治のふるさとは入っていた。

【拾遺】

一九二〇年、希望通りに生誕地のパリに戻ったナターリア・パヴロヴナ・パーリィ公爵令嬢は、過去の自分と決別するためか、ナタリー・パレと名乗った。以後、ロシア皇室とは無縁の人生が始まる。一九二七年にはクリスチャン・ディオールの師であるファッションデザイナー、ルシアン・ルロンと結婚する。パリのファッション界を席巻《せっけん》するルロンの力もあって、彼女はヴォーグ誌を飾るトップ・モデルとして活躍する。十年間で結婚生活が実質的に破局した後には映画女優に転身した。

一九三二年には著名な詩人、小説家、劇作家、評論家であるジャン・コクトーの恋人となった。ナタリーは彼の子を身ごもるが、コクトーの強い意志で中絶を余儀なくされる。

傷ついたナタリーは合衆国に渡り、映画界で成功する。キャサリーン・ヘップバーンらのスターたちとの交流も盛んになったが、やがて引退。一九三七年にはブロードウェイのプロデューサー、ジョン・チャップマン・ウィルソンと再婚した。晩年は穏やかで恵まれた生活を送ったが、世間に対して波瀾《はらん》に満ちた自分の人生を語ることはなかった。

ナタリー・パレは一九八一年に、ニューヨークで死去した。享年《きょうねん》七六。ロシア正教の保護者であったロマノフ家のプリンセスが埋葬《まいそう》されたのは、ニュージャージー州のプロテスタント教会だった。

解　説――新しさと懐かしさと奥深さ、冒険小説を読む喜び

さわや書店　田口幹人《たぐちみきと》

亡くなった作家の生誕何年、没後何年という節目の年は、関連するイベントが各地で開催され、多くのメディアも挙《こぞ》って取り上げ、特別な盛り上がりを見せることがある。

岩手県盛岡《もりおか》市で本屋に勤めるようになり四半世紀、その盛り上がりを肌で感じたのは二つしかない。「宮沢賢治《みやざわけんじ》」と「遠野《とおの》物語」だ。特に、一九九六年の宮沢賢治生誕一〇〇年と二〇一〇年の遠野物語出版一〇〇年の県内の盛り上がりはすさまじかった。映画・ドラマ、演劇など、連日の関連イベントはもちろん、県内の多くの本屋の店頭では、関連本のフェアが組まれ、それが飛ぶように売れたことを今でも覚えている。そのブームは一過性のものだったが、それを契機として特に宮沢賢治の研究が進み、様々な賢治像が生み出された。

本書が発売された二〇一八年は、宮沢賢治の当たり年と言われている。一八九六年に生まれ、一九三三年にこの世を去った宮沢賢治。生誕何年、没後何年という節目の年ではないが、例年以上に関連本が店頭で売れている。その理由は、一月に発表された第一五七回芥川賞と直木賞が関係している。『おらおらでひとりいぐも』（河出書房新社）で岩手県遠野市出身の若竹千佐子《わかたけちさこ》さんが芥川賞を、門《かど》井慶喜《いよしのぶ》さんが『銀河鉄道の父』（講談社）で直木賞を受賞した。『銀河鉄道の父』は、タイトルからもわかるように、賢治の父・宮沢政次郎《まさじろう》を主人公に据え、世間で広く知られる文学者・詩人としての賢治ではなく、生活者としての賢治を父親の視点で描き、新しい賢治像を浮かび上がらせた作品だった。

芥川賞を受賞した『おらおらでひとりいぐも』は、宮沢賢治の代表的な詩である「永訣《えいけつ》の朝」をベースとした小説である。「永訣の朝」内にある「Ora Orade shitori egumo」（私は私、一人で逝《い》くね）という賢治の妹の心の声を、『おらおらでひとりいぐも』（私は私、一人で生きていきます）と置き換え綴《つづ》られた主人公の強さが、多くの方々を励ます作品だった。

宮沢賢治をモチーフとした二作が、芥川賞と直木賞を同時に受賞したのをきっかけに、店頭での宮沢賢治関連本の稼働率が飛躍的にあがった。当店では、週間総合売上ランキングに入る作品まで現れ、賢治ブームを実感している。岩手を代表する詩人であり童話作家である宮沢賢治が再度注目され、多くの方に読み継がれてゆくことは、なんとも喜ばしいことである。

そんな中、本書『謎ニモマケズ　名探偵・宮沢賢治』の原稿を頂戴した。楠木《くすのき》誠一郎《せいいちろう》さんの『宮沢賢治は名探偵!!』や鏑《かぶら》木《ぎ》蓮《れん》さんの『イーハトーブ探偵』シリーズなど、賢治が残した童話を下地に心やさしき詩人である賢治が、数々の難事件を解き明かすというミステリー小説は過去にもいくつかあり、正直目新しさを感じなかった。どの童話が下地にあるのか、どの詩がキーとなるのか、という気持ちで読み始めた。

しかし、読み進める手を止めることができない新しさと懐かしさと奥深さ、そしてなにより最近読めていなかった冒険小説に出会った嬉しさがこみ上げてきた。

タイトルにもある通り、謎解きを主としている作品であることから、詳しい内容を解説に付すことは望ましくないと考え、僕が感じた本書の奥深さとこの物語の面白さを書かせていただきたい。

岩手に住む者にとり、遠野という地域は非常に大切な場所である。岩手県の中心部に位置する遠野は、河童《かっぱ》や座敷童子《ざしきわらし》などの伝承が遠野民話として語り継がれている地域だ。遠野は、古くから内陸部と沿岸部を繋《つな》ぐ要所であり、沿岸部からも内陸からもたくさんの人とモノと情報が集まる地域だった。そうした環境もあり、自然と県内の様々な出来事や噂話、そして物語が集まってくるようになったと言われている。江戸時代、仙台《せんだい》藩と隣接する領土であり、遠野南部《なんぶ》氏は盛岡藩御三家の一つとして重要な役割を果たし、様々な意味において岩手にとって重要な地域であり、そして原風景として県民に愛されている。先の東日本大震災の際、内陸と沿岸部を結ぶ拠点が遠野市に置かれたことを考えても、今も昔もその役割を担《にな》ってきた地域なのだろう。

その遠野の名前を一躍全国に知らしめたのが、一九一〇年に柳田国男《やなぎたくにお》氏が発表した『遠野物語』だろう。柳田国男は、ご存じのとおり、農商務省など役所に勤めた後に退官し、その後民俗学研究に専念し日本の民俗学の礎《いしずえ》を築いた人物である。『遠野物語』は、遠野の土淵《つちぶち》村の民話蒐集《しゅうしゅう》家の佐々木喜善《ささききぜん》が語った遠野地方の伝承を柳田国男が編纂《へんさん》したものである。佐々木喜善が行った多くの昔話や民話の蒐集は、その後の岩手の民俗学・口承《こうしょう》文学になくてはならないものであり、後に佐々木喜善氏は、「日本のグリム」と呼ばれるようになった。

多くの方は、遠野という地名を聞くと、『遠野物語』の世界を思い浮かべるだろう。遠野を取り囲む霊山・早池峰山《はやちねさん》をはじめとした山々は、住む者の生活を支える存在であり、神聖な場所でもあった。衣食住だけではなく、金山も抱えていた遠野は、山に対する特別な感情が強く、山からの恩恵を糧《かて》に生計を立てる者たちの間に、山を対象とした信仰が広がっていった。だからこそ、この遠野の地に伝説や噂話や空想、ほら話、そして異国譚が多く残されているのだろう。

僕は、小説のジャンルの中に、伝えられてきた伝説や噂話や空想やほら話、そして異国譚に、作者の願望や理想を付け加え脚色したものがあると思っている。『謎ニモマケズ　名探偵・宮沢賢治』は、それを見事に成《な》し遂《と》げてくれた作品だった。岩手を代表する文人である宮沢賢治が、晩年病《やまい》を押し佐々木喜善と会っていたことは広く知られている。小説家でもあった佐々木喜善と何について語り合っていたのだろうか、想像するだけでワクワクする。また、賢治は、軽便《けいべん》鉄道で様々な理由で度々《たびたび》遠野を訪れていたが、なんのために遠野に向かったのか、すべてが明らかになっているわけではない。本書は、伝説や噂話や空想やほら話、そして異国譚に、著者の願望や理想を付け加えて書かれた、史実で明らかにされていない賢治が訪れた遠野での空白の数日間の物語である。しかも、本書は西欧的な要素がありながら、どこか泥くさい感じがする賢治の童話の世界と『遠野物語』的な民譚《みんだん》の世界を融合させて背景を作り、その先に考えもしなかった展開へと誘ってくれるのだ。

こんな賢治に出会ったのは、初めてだった。

最後に、冒険小説としての本書に触れておきたい。

冒険小説とは、歴史的な事件や戦争や革命などを背景とし、推理小説、スパイ小説、海洋冒険・山岳冒険小説などの要素や、それに関わる壮大なアクションを盛り込んだ小説だと言われている。東西冷戦が終結した頃から、史的な事件や戦争、革命を背景とした冒険小説が少しずつ減り、今ではあまり出会うことすらなくなった。かつて手に汗握り興奮しながら読んだ冒険小説ファンの僕にとっては寂しいことである。本書は、僕のようにかつて冒険小説の虜《とりこ》だった読者にとっては、待望の作品と言えるかもしれない。詳しく書くと興《きょう》を削《そ》ぐ恐れがあるので、ぜひ読んで楽しんでいただきたい。

氏の奇才が存分に発揮された本書は、もしかしたら新しい賢治ブームを作りだすかもしれないとひそかに期待している。

謎ニモマケズ　名探偵・宮沢賢治

一〇〇字書評

切・り・取・り・線

購買動機（新聞、雑誌名を記入するか、あるいは○をつけてください）

□（　　　　　　　　）の広告を見て	
□（　　　　　　　　）の書評を見て	
□ 知人のすすめで	□ タイトルに惹かれて
□ カバーが良かったから	□ 内容が面白そうだから
□ 好きな作家だから	□ 好きな分野の本だから

・最近、最も感銘を受けた作品名をお書き下さい

・あなたのお好きな作家名をお書き下さい

・その他、ご要望がありましたらお書き下さい

住所	〒				
氏名		職業		年齢	
Eメール	※携帯には配信できません	新刊情報等のメール配信を 希望する・しない			

この本の感想を、編集部までお寄せいただけたらありがたく存じます。今後の企画の参考にさせていただきます。Eメールでも結構です。

いただいた「一〇〇字書評」は、新聞・雑誌等に紹介させていただくことがあります。その場合はお礼として特製図書カードを差し上げます。

前ページの原稿用紙に書評をお書きの上、切り取り、左記までお送り下さい。宛先の住所は不要です。

なお、ご記入いただいたお名前、ご住所等は、書評紹介の事前了解、謝礼のお届けのためだけに利用し、そのほかの目的のために利用することはありません。

〒一〇一・八七〇一
祥伝社文庫編集長　坂口芳和
電話　〇三（三二六五）二〇八〇

祥伝社ホームページの「ブックレビュー」からも、書き込めます。
http://www.shodensha.co.jp/bookreview/

祥伝社文庫

謎《なぞ》ニモマケズ　名探偵《めいたんてい》・宮沢賢治《みやざわけんじ》

平成30年4月20日　初版第1刷発行

著　者　鳴神響一《なるかみきよういち》
発行者　辻　浩明
発行所　祥伝社《しようでんしや》
東京都千代田区神田神保町3-3
〒101-8701
電話　03（3265）2081（販売部）
電話　03（3265）2080（編集部）
電話　03（3265）3622（業務部）
http://www.shodensha.co.jp/

印刷所　萩原印刷
製本所　ナショナル製本
カバーフォーマットデザイン　芥 陽子

造本には十分注意しておりますが、万一、落丁・乱丁などの不良品がありましたら、「業務部」あてにお送り下さい。送料小社負担にてお取り替えいたします。ただし、古書店で購入されたものについてはお取り替え出来ません。

Printed in Japan ©2018, Kyoichi Narukami ISBN978-4-396-34407-8 C0193